KB195473

이웃집 프로파일러
하이다의 사건파일

기획자 표창원

대한민국 대표 프로파일러예요. 경찰대학 졸업 후 일선 경찰관으로 일하다가 더 유능한 범죄 수사 전문가가 되기 위해 영국 유학길에 올랐어요. 엑시터 대학교에서 석사 및 박사 학위를 취득했고, 경찰청 범죄심리분석 자문 위원, 대테러협상실무 자문 위원 등으로 활동하며 중요 강력 범죄 및 미제 사건에 대한 수사 분석을 지원했어요. SBS 〈그것이 알고 싶다〉 등 시사 고발 프로그램에 출연하여 '프로파일러', '범죄분석전문가', '범죄심리학자' 로 널리 이름을 알렸지요. 또 국내 경찰대학 교수, 미국 샘휴스턴 주립대학교 형사사법대학 초빙 교수, 국가인권위원회 및 법무부 자문 위원을 지내기도 했답니다. 지금은 '표창원범죄과학연구소' 소장으로서 각종 범죄 분석과 예방 활동에 앞장서고 있습니다.

글 선자은

추리 이야기를 좋아해요. 평범한 일상에도 날카로운 비밀이 숨어 있다고 생각하거든요. 대학교와 대학원에서 사람 공부를 했고, 어린이책 작가 교실에서 글 공부를 했어요. 《팬더가 우는 밤》으로 제1회 살림 청소년 문학상을 받았어요. 쓴 책으로는 《시간의 달력》《그날의 기억》《꼬마해녀와 물할망》《이웃집 살인범》《아무 사무소의 기이한 수집》과 〈마법 숲 탐정〉〈소녀 귀신 탐정〉 시리즈 들이 있습니다. 사람을 움직이는 엄청나게 재미있는 이야기를 쓰는 것이 꿈이에요.

그림 이태영

어린이들이 더욱 흥미진진하고 창의적인 상상을 펼칠 수 있도록 그림을 그리고 있어요. 그린 책으로는 〈이시원의 영어 대모험〉〈쿠키런 과학상식〉〈쿠키런 한자런〉〈쿠키런 킹덤스쿨〉〈한자도둑〉〈다 푼다 카카오프렌즈〉 시리즈 들이 있어요.

기획 표창원
글 선자은 | 그림 이태영

이웃집 프로파일러

하이디의 사건파일

표창원의
미스터리
추리 동화

9 흑과 백의 격돌

정의의 편에 서는 나만의 '셜록 홈스'를 찾아보세요

정의로운 행동을 하면 손해를 보고 정의롭지 않은 선택을 하면 이익을 얻는다고 생각하는 사람들이 있어요. 하지만 긴 역사를 돌이켜 보면 '정의는 때로 천천히 오지만, 반드시 온다.'라는 것을 알 수 있습니다. 우리 사회가 서로를 믿고 안심하며 살아갈 수 있는 곳이 되려면 정의는 꼭 지켜져야 합니다. 그렇다면 정의란 무엇일까요? 이 책에 등장하는 이웃집 프로파일러 하이다와 함께 사건을 추리하다 보면 진정한 정의에 대해 자연스레 알게 될 거예요. 또 그 과정에서 삶의 지혜를 얻을 수 있지요.

지난 몇십 년간 범죄를 공부하며 많은 사람의 인생을 들여다보니, 결국 주변의 작은 차이와 변화가 범죄의 탄생을 막는다는 사실을 배웠어요. 저 역시 어릴 적, 많은 고민과 방황을 했어요. 유치한 정의감에 싸우기도 했지요. 그러다 추리 소설 〈셜록 홈스〉 시리즈를 보며, 싸움이 아닌 추리와 논리로 정의를 실현할 수 있다는 걸 배웠어요. 또 타인에 대한 선의를 가진 사람들을 만나 엇나가지 않을 수 있었지요. 이 책을 읽는 모든 어린이가 자신뿐만 아니라 주변을 잘 살피며, 정의롭다고 생각하는 일에 용기 낼 수 있는 사람으로 자라면 좋겠습니다. 그리고 하이다와 표 소장이 고민하는 친구들에게 멋진 '셜록 홈스'가 되어 주기를 바랍니다.

결국 중요한 건 사람의 마음입니다

그런데 왜 하필 '프로파일러'일까요? 프로파일러는 사람의 마음을 추적하는 사람이에요. 누군가로부터 진심을 끌어낼 줄 알아야 하지요. 그래서 결국 프로파일링은 '사람 공부'입니다. '저 사람은 왜 저런 행동을 할까?' 누군가의 인생을 들여다보면 몇 가지 힌트를 찾을 수 있지요. 그 과정에서 사회과학적 상상력과 논리적 추리력도 키울 수 있고요. 그럼, 이제 '221 비밀 수사대' 친구들과 함께 사람의 마음을 추적해 봅시다!

표창원범죄과학연구소 소장 **표창원**

이 책이 성장의 발판이 되어 줄 거예요

날마다 신문과 뉴스에는 수많은 사건과 사고가 보도되고 있어요. 그일들은 어린이 친구들이 보기에 자극적이고 무서운 범죄일 수 있지요. 하지만 여러분은 미래를 이끌 사회의 구성원으로 다른 사람과 더불어 살아가야 해요. 그러기 위해서는 다른 사람과 사회에 대한 관심을 가지고 문제를 해결하고 극복하는 방법을 배워야 해요.

이 이야기는 실제 사건을 모티브로 하지만, 너무 무섭지 않고 재미있게 구성된 추리 동화입니다. 우리가 지금 살아가고 있는 곳과 비슷한, 어디에나 있을 것 같은 평범한 동네 고요동을 중심으로 사건이 일어나지요.

그리고 평범하지만 한 가지씩 특기를 지닌 아이들로 구성된 '221 비밀 수사대'가 이 사건들을 해결해 나갑니다. 수사대와 함께 사건을 하나씩 풀어 가며 배우고 느끼는 모든 것들이 여러분에게 큰 성장의 발판이 되어 줄 거예요.

지금 이 책을 읽는 우리 친구들도 '221 비밀 수사대'의 대원이 되어 함께 사건을 해결해 보세요. 그리고 주위를 둘러보세요. 어딘가에 내가 해결해 주길 기다리는 사건이 있을지도 몰라요.

글 작가 **선자은**

등장인물

이름: 표 소장
직업: 프로파일러
성격: 대외적으로는 카리스마가
넘치지만, 알고 보면 허당

이름: 윤지동
소속: 달빛 초등학교 5학년
성격: 머리보다 몸이 먼저
앞서는 행동파

이름: 정한새
소속: 고요 초등학교 5학년
성격: 똑똑한 만큼 언제나
자신만만, 참견은 질색

이름: 이시연
별명: 해커 사과토끼
성격: 예민하고 소심하지만,
추진력이 넘침

이름: 하이다
소속: 고요 초등학교 5학년
성격: 평소 말이 없고, 겉도는 모습이지만
불의를 보면 못 참는 정의의 편

차례

도전! 블랙 챌린지

도전… 블랙 챌린지?

우아! 신기하다.
여기 QR 코드도 있어!

도전! 블랙 챌린지

블랙을 만나고 싶나요?
그럼 블랙 챌린지에
도전하세요.

#1단계 끄적끄적 챌린지
#2단계 알뜰살뜰 챌린지
#3단계 엉덩방아 챌린지
#4단계 미끄럼틀 챌린지

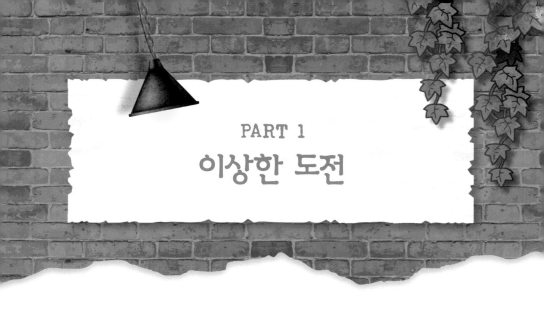

PART 1
이상한 도전

쇼폼

지동이 뭔가로 가득 찬 봉지를 가지고 221 비밀 사무소로 급하게 들어왔다.

"얘들아, 오늘 우리 학교 앞에서 무슨 일이 있었는지 알아?"

그 순간, 무게를 이기지 못한 봉지가 찢어지면서 속에 든 전단지들이 와르르 쏟아졌다.

"곰지동, 달빛 초등학교에서 일어난 일이 우리 고요 초등학교에서는 일어나지 않았을 것 같아?"

지동보다 먼저 221 비밀 사무소에 와 있던 한새가 쏟아진 전단지를 주우며 말했다. 지동이 어리둥절해하자 이다가 한새의 가방을 가리켰다. 한새의 가방에도 지동이 가져온 것과 똑같은 전단지들이 가득 차 있다 못해 튀어나와 있었다.

한새의 가방을 본 지동은 무시무시한 괴물이라도 본 듯 얼굴이 하얗게 질려 버렸다.

"서…… 설마 너희 고요 초등학교 앞에도 블랙의 풍선이 떠올랐다는 거야?"

"응. 이거 수거하느라 우리도 방금 도착했어."

이다가 한숨을 푹 쉬었다. 이다와 한새도 블랙의 전단지를 아이들이 줍지 못하도록 열심히 수거해 온 것이다. 그 순간 사무소 문이 또 한 번 벌컥 열렸다.

"얘, 얘들아!"

사과토끼가 전단지 뭉치를 들고 급하게 뛰어 들어왔다. 하지만 사과토끼는 수사 대원들의 표정을 보고 깨달았다.

"너, 너희도 봤구나. 도서관 가는 길이었는데 하늘에서 이런 게……. 학교뿐 아니라 아이들이 자주 지나다니는 길에도 풍선을 띄우고 있는 것 같아. 마치 블랙의 세상 같아."

사과토끼가 금방이라도 울음을 터뜨릴 것 같은 표정을 짓자 이다가 사과토끼를 토닥거리며 진정시켰다.

"우리 221 비밀 수사대가 있는 한 블랙의 세상이 되는 일은 절대로 없어. 걱정하지 마."

"이다 말이 맞아. 기분 전환을 위해 요즘 내가 자주 보는 영상 보여 줄게."

지동이 머리를 긁적이며 휴대폰을 꺼냈다. 몬스터 카드 수집에 흥미를 잃은 지동은 '숏폼'을 시청하는 새로운 취미를 찾았다. 숏폼은 전개가 빠른 짧은 영상으로, 시간 가는 줄도 모를 만큼 재미있었다. 무엇보다 손가락으로 밀기만 하면 새로운 영상이 이어져 눈을 뗄 수 없었다.

한새는 휴대폰만 보고 있는 지동에게 전단지 속 QR 코드를 가리키며 물었다.

"곰지동, 이거 안 찍어 봤지?"

"응. 아무래도 블랙의 함정 같아서 일단 전단지만 모두 주워 왔어."

"내…… 내가 확인해 보니 악성 코드 같은 건 없었어. 한번 찍어 봐."

그제야 지동이 숏폼 보는 것을 멈추고 QR 코드를 찍어 보았다.

블랙이 직접 등장해 챌린지의 규칙을 자세히 알려 주는 동영상이 나왔다. 챌린지는 모두 4단계였다.

"잘못된 행동을 재미있는 놀이인 것처럼 소개하고 있어."

"이건 놀이가 아니야. 명백한 범죄지."

"시, 실제로 따라 하는 애들이 있진 않겠지?"

아이들은 한마디씩 하며 분노했다. 하지만 이 와중에도 지동은 자기 휴대폰만 보고 있었다.

"야, 곰지동! QR 코드 속 영상이 이렇게 심각한데 휴대폰만 보면 어떻게 해?"

한새가 지동의 휴대폰을 어깨너머로 보며 물었다. 역시나 지동은 다시 숏폼 영상을 보는 데 열중하고 있었다.

"또 숏폼을 보고 있네. 사건이 일어났는데 이럴 거야?"

"야, 정한새. 천하의 윤지동을 뭘로 보고."

이번만큼은 지동도 반박했다. 그리고 자신의 휴대폰을 한새 코앞까지 들이밀었다. 화면을 본 한새 눈이 휘둥그레졌다. 화면에는 블랙의 전단지를 인증한 뒤, 담벼락에 낙서를 하는 영상이 재생되고 있었다.

"이, 이건……."

모두 지동의 휴대폰으로 몰려들자 지동은 으스대며 말했다.

"맞아. 내가 블랙 챌린지 영상을 찾아냈다고! 이제부터 나를 곰지동이 아니라 '슈퍼 지동'이라고 불러 줘."

방금 전 영상뿐만 아니라 같은 해시태그가 달린 비슷한 영상들이 계속해서 올라오고 있었다. 챌린지는 이미 진행되고 있었다. 영상 댓글에는 자신도 영상을 올리고 싶다는 반응이 주를 이뤘다.

그때 또다시 221 비밀 사무소 문이 벌컥 열렸다.

"사건입니다!"

신 형사였다. 신 형사도 블랙의 전단지가 가득 담긴 가방을 들고 있었다. 아이들은 고개를 절레절레 흔들며 자신들이 가져온 블랙의 전단지를 가리켰다.

그제야 상황을 알아챈 신 형사가 머리를 긁적였다.

"제가 늦었군요. 블랙 챌린지라니. 애들이 진짜로 행동으로 옮기기 전에 막을 방법을 찾아야 합니다. 여러분 또래가 주 타깃인 만큼 이번 사건도 여러분의 도움이 절실합니다."

"선배님, 이미 늦었어요."

지동은 실시간으로 올라오고 있는 챌린지 영상을 신 형사에게 보여 주었다.

"이, 이게 뭡니까?"

"이미 다들 챌린지에 도전하고 있다고요."

"말도 안 돼요. 어떻게 이런 행동을 아무렇지 않게 따라 할 수 있죠?"

신 형사는 충격을 받은 듯 괴로운 표정을 지었다.

이다는 잠시 챌린지 영상들을 골똘히 바라봤다. 휴대폰 속 세상에 몰두하는 것에 익숙하지 않은 이다는 숏폼을 오늘 처음 보았다. 이다는 다른 사람들도 지동처럼 이걸 보면서 많은 시간을 보낸다는 게 믿기지 않았다.

"영상 재생 시간이 너무 짧아서 그런지 난 좀 정신이 없는 것 같아."

"이다야, 너도 조금 더 보다 보면 숏폼에 빠지게 될 거야. 하지만 지금은 사건 해결이 중요하니 일단 나를 따라 '#끄적끄적챌린지'로 검색해 봐. 사과토끼, 내 실력 어때?"

지동이 사과토끼를 바라보며 으스댔다.

"그, 그 정도는…… 누구나 쉽게 할 수 있어."

머쓱해진 지동은 눈을 반짝이며 옆에 있던 한새 쪽으로 고개를 돌렸다.

"그래. 이번에는 잘했다, 슈퍼 지동."

"우아, 칭찬 들었다!"

지동이 한새를 껴안고 방방 뛰자 한새는 못마땅한 듯 얼굴을 찌푸리고 밀어내기 바빴다. 그 와중에 이다는 낙서 챌린지 영상들을 꼼꼼히 다시 보았다. 그새 댓글도 제법 늘었다.

댓글을 단 아이들 대부분은 블랙 챌린지에 도전하고 싶어 했다. 이다는 이렇게 많은 아이들이 블랙을 만나기 위해 평소에는 하지 않았던 행동을 하며 챌린지 영상까지 찍는다는 게 이해가 되지 않았다.

"블랙은 나쁜 사람이잖아. 그런데 왜 다들 블랙의 말을 따르고 만나고 싶어 하는 거야!"

아무리 유행처럼 너도나도 재미로 한다지만 아이들도 충분히 옳고 그름을 판단할 수 있었다. 그럼에도 너무 쉽게 동조하는 아이들이 많았다.

"다들 너무해."

이번에는 사과토끼가 조용히 이다에게 다가와 살며시 어깨를 토닥여 주었다.

그동안 221 비밀 수사대 대원들은 블랙의 범죄를 막고 블랙을 잡기 위해 최선을 다해 왔다. 그러나 아이들은 블랙이 어떤 짓을 하든 상관없어 보였다. 루미미 납치 자작극 사건 때에도 블랙이 배후에 있다는 것을 알고 오히려 블랙을 추종하는 집단까지 생겼었다. 이다는 괜히 야속한 마음이 들어 눈을 질끈 감아 버렸다.

"영상을 하루에 하나만 올릴 수 있다고 했으니 오늘 블랙 챌린지 1단계에 성공한 아이들도 내일이 되어야 2단계 영상을 올릴 수 있을 거야. 블랙 챌린지가 더 많은 아이들에게 퍼져 나가기 전에 서둘러 막아야 해."

한새가 결의에 찬 표정으로 말했다.

이다는 221 비밀 수사대가 나서기 이전에 아이들 스스로가 블랙이 시키는 대로 하지 않았다면 아무 문제가 없었을 거라고 생각했다. 처음에는 블랙으로부터 아이들의 마음을 돌리는 일은 오래 걸리지 않을 것 같았다. 하지만 생각보다 쉽지 않은 일이라는 걸 깨달았다.

알뜰살뜰 챌린지

여자아이 하나가 공원의 공중화장실 앞에 나타났다. 주위를 두리번거리던 아이는 화장실 안으로 들어갔다. 그리고 잠시 뒤, 브이자 손 모양을 그리며 웃었다. 손에는 커다란 두루마리 화장지가 들려 있었다.

"아무도 없을 때 시도해 봤어요. 알뜰살뜰 잘 쓸게요. 블랙 챌린지 2단계 성공!"

여자아이는 자랑스럽게 화장지를 들어 보이더니 이내 미리 준비한 가방에 넣고 어디론가 뛰어갔다. 영상은 거기서 끝났다. 역시나 댓글에는 부러워하는 아이들의 목소리로 가득했다. 지동이 발견한 블랙 챌린지 2단계 영상이었다.

이 영상을 올린 아이는 전날 올린 1단계 영상에서 '좋아요'를 200개도 넘게 받았다. 2단계 영상 또한 영상을 올린 지 얼마 지나지 않았는데 벌써 '좋아요' 50개를 받은 상황이었다.

"지금 저 여자애, 공중화장실에서 화장지 몰래 가지고 나온 거 맞지?"

한새가 어이없다는 듯이 말했다. 블랙 챌린지 2단계는 일명 '알뜰살뜰 챌린지'로 공공의 편의를 위해 제공되는 다양한 물건을 개인적으로 쓰기 위해 가져오는 챌린지였다.

은행 ATM기 옆에 있는 은행 봉투를 한 움큼 가져온 아이도 있었고, 관공서에 있는 우산, 볼펜 등을 가져온 아이도 있었다. 알뜰한 생활을 위한 챌린지처럼 포장해 영상을 찍었지만 사실 아이들은 그렇게 가져온 물건들이 딱히 쓸 데가 없었다.

단순히 블랙 챌린지 성공을 위해 자신에게 필요하지도 않은 물건을 마구잡이로 가져온 것뿐이었다.

"필요한 사람을 위해 둔 물건들을 자기 마음대로 마구 가져가면 어떡해?"

"너무해. 다른 사람들은 생각 안 하나?"

그때 사과토끼가 보고 있던 노트북 화면을 모두가 볼 수 있도록 돌렸다.

"이, 이것 좀 봐."

사과토끼가 대원들에게 보여 준 것은 놀랍게도 뉴스 영상이었다. '초등학생들의 이상한 챌린지'라는 제목으로 아나운서가 내용을 전했다.

'취재 팀은 어제 오후 고요동 일대에 뿌려진 전단지를 입수했습니다. 전단지 QR 코드 속 영상에는 블랙 챌린지 4단계에 관한 내용이 소개되고 있는데요, 4단계의 블랙 챌린지를 제일 먼저 성공한 사람에게는 블랙을 만날 수 있는 기회가 주어진다고 합니다. 블랙은 몇 달 전 루미미 실종 사건을 주도한 인물로……..'

지동이 경악했다.

"말도 안 돼! 뉴스에도 나오다니!"

"블랙 챌린지에 대해 전혀 몰랐던 애들까지 알게 되는 건 시간

문제야."

"마, 맞아. 오히려 홍보가 되어 버린 것 같아."

수사 대원들은 걱정이 더 커졌다. 이렇게 되면 더 많은 아이들이 블랙 챌린지에 도전할 테고 4단계까지 통과하는 사람이 더 빠르게 나올 수밖에 없었다. 이다는 조금 전 공중화장실에서 두루마리 화장지를 가져오는 영상을 다시 재생해 보았다. 언제나 사건 현장에 답이 있듯 인터넷 공간 속 사건도 인터넷에 답이 있으리라 판단한 것이다.

"공중화장실 영상 올린 여자애 있잖아. 전부터 계속 숏폼을 올리고 있었더라고. 올린 영상마다 '좋아요' 수도 기본 100개는 다 넘고."

"아, 그 여자애 인기 숏폼 크리에이터야. 원래 구독자도 많고 인기도 많아."

"역시 그렇구나. 그래서 '좋아요' 100개를 쉽게 받는 거구나. 어제 1단계 영상을 올린 애들 중에는 아직 '좋아요' 10개도 못 받은 애들도 많더라고. 그래서 말인데…… 시간을 조금 벌 방법이 있을 거 같아."

"그게 뭔데?"

"어차피 블랙을 만날 수 있는 사람은 블랙 챌린지 4단계까지 제일 먼저 성공한 단 한 사람뿐이야. 그냥 재미 삼아 챌린지를 해 보는 애들도 있겠지만 대부분의 아이들은 1등이 되어 블랙을 만날 기회를 얻고 싶을 거야."

"그래서?"

아무래도 한새는 시간을 벌 방법이 있다는 이다 말을 못 믿겠다는 눈치였다.

"결국 블랙 챌린지에 참여한 애들 모두가 서로 경쟁자라는 거지. '좋아요'를 쉽게 눌러 주면 다른 애들이 나를 앞질러서 이길지도 모른다는 것을 상기시켜 주자. 우리가 댓글로 여론을 조금만 형성하면 무분별하게 여기저기 '좋아요' 버튼을 누르는 일은 없을 거야."

"오, 좋은 생각이다!"

지동이 외쳤다. 한새도 이제 이다의 생각을 이해하고 고개를 끄덕였다. 이런 쪽에 능숙한 사과토끼를 중심으로 아이들은 바로 행동에 나섰다.

'경쟁'과 '라이벌'이라는 단어를 넣어 블랙 챌린지 영상 여기저기에 댓글을 달자 곧바로 반응이 왔다. '좋아요' 늘어나는 속도가 느려진 것이다. 심지어 이전에 눌렀던 '좋아요' 버튼도 취소하고 있는 것 같았다.

"쳇, 그렇게 말릴 때는 들은 척도 안 하더니."

지동이 화가 난 얼굴로 말했다. 블랙 챌린지의 위험성을 알리며 댓글을 남겼을 때에는 지동의 댓글을 악플 취급하며 대놓고 무시했었다.

이다는 이것이 인간의 경쟁심이라고 생각했다. 무분별하게 누르는 '좋아요' 버튼이 자신을 불리하게 만들지도 모른다는 이야기에 아이들은 조금의 망설임도 없이 바로 태세를 전환한 것이다.

"이 아이들을 직접 만나서 이야기 나눠 보고 싶어."

이다는 평범한 아이들이 왜 이런 이상한 챌린지에 동조하는지 알아보고 싶었다. 공통된 관심사가 생기자 자신의 행동이 잘못됐다는 것을 깨닫지 못하고, 무분별하게 재미만 추구하는 것 같았다.

"만나 보고 싶다고? 이런 이상한 애들을 뭐 하러?"

한새는 못마땅한 반응이었다. 영상 속 아이들이 마음에 들지 않아서였다.

"내, 내가 분석해서 영상 올린 애들 위치를 찾아 줄까?"

사과토끼가 노트북을 펼치며 안경을 치켜올렸다. 그 순간 지동이 자신만만한 목소리로 나섰다.

"하이다! 이 슈퍼 지동 님이 있다는 걸 잊은 건 아니겠지? 잠깐만 기다려."

지동은 어디론가 전화를 걸었다. 친구 준우였다. 예전 해피해피고고 게임 사건 때 221 비밀 수사대의 도움을 받은 뒤로 지동과 절친한 사이가 되었다.

"아, 정말? 역시……. 알았어. 그럼 내 몬스터 카드, 너 다 준다!"

무슨 대화를 나누는 것인지 지동의 표정이 어느 때보다 진지했다.

얼마 뒤, 통화를 마친 지동이 소리쳤다.

"얘들아, 이 슈퍼 지동 님이 달빛 선호 섭외했다!"

그동안 모은 몬스터 카드 전부를 준우에게 주는 대신, 블랙 챌린지 영상을 올린 아이 중 한 명인 달빛 선호를 소개받기로 한 것이다.

"달빛 선호? 준우 친구야?"

이다는 무슨 연예인인가 싶어 눈이 동그래졌다.

"아, 이다 넌 고요 초등학교 다녀서 달빛 초등학교의 인기 스타, 달빛 선호를 모르는구나."

"인기 스타?"

"응. 구독자도 엄청 많은 인기 숏폼 크리에이터야. 조금 전 공중화장실 두루마리 화장지 영상을 찍은 애보다 구독자도 훨씬 많아."

지동이 달빛 선호가 올린 영상들 중에서 블랙 챌린지 영상을 찾아 대원들에게 보여 주었다. 1단계 끄적끄적 챌린지는 자동차들이 다니는 도로 바닥에 낙서를 하고 도망가는 영상이었다. 차가 안 오는 잠깐의 시간 동안 찍은 것이긴 했지만, 매우 위험하고 자극적이었다. 이것을 걱정하는 댓글도 많았지만 댓글 반응과는 달리 '좋아요' 개수가 어마어마했다.

2단계 알뜰살뜰 챌린지는 학교의 공용 학용품을 몰래 가져가는 영상이었다. 지동은 영상을 보고 분개했다.

"어쩐지! 내가 연필 깎으려고 했더니 공용 연필깎이가 사라지고 없더라니. 학교 친구들과 함께 쓰는 학용품을 몰래 가져가면 어떡해? 정말 참을 수 없어!"

"달빛 선호라는 이 영상 속 아이를 만날 수 있다는 거지?"

"당연하지. 이 슈퍼 지동 님이 방금 달빛 선호를 섭외했다니까. 내일 방과 후 우리 학교 앞으로 와. 준우가 달빛 선호랑 같은 반인데 요즘 부쩍 친해져서 달빛 선호 영상 찍는 것도 도와주고 있거든."

이다는 고마워하며 고개를 끄덕였다. 범죄를 가볍게 대하는 아이들의 심리를 파악하고, 동시에 사건 해결의 실마리를 찾을 수 있을지 모른다는 기대감에 가슴이 두근거렸다.

다음 날, 지동은 쉬는 시간에 준우네 반으로 갔다. 준우가 한 아이를 가리켰다. 교실 한쪽에서 열심히 뭔가를 찍고 있는 아이가 보였다.

"루미미 님, 저 달빛 선호입니다! 지난번에 올린 루미미 님 신곡 챌린지 영상에 인상 깊었다고 직접 댓글 달아 주셔서 감사해요!"

달빛 선호가 꾸벅 고개를 숙여 인사하더니 춤을 추기 시작했다. 지동은 숏폼 영상으로만 보던 달빛 선호의 춤을 직접 눈앞에서 보고 있다는 것이 믿어지지 않았다.

루미미가 달빛 선호의 영상에 직접 댓글을 달았다는 것은 그만큼 달빛 선호의 인지도가 높다는 것을 뜻했다. 그때 지나가던 아이들이 달빛 선호에게 한마디씩 던졌다.

"네 영상 재미있게 잘 보고 있어. 선호 넌 어쩜 그렇게 춤을 잘 추니?"

"훗. 그냥 하는 거지, 뭐."

달빛 선호는 별거 아니라는 듯 무심하게 말했다.

"하지만 발표된 지 몇 시간 안 된 신곡 뮤직비디오 춤도 금세 따라 하잖아. 루미미가 직접 네 영상에 댓글을 달았을 정도면 널 인정했다는 거야. 너 정말 대단하다!"

"다른 것보다 춤을 출 때 포인트만 잘 잡아서 춰도 느낌이 달라져."

그 모습을 지켜보던 지동은 달빛 선호가 전문가 같다고 생각했다. 과연 유명인답게 능수능란해 보였다. 그러다가 문득 아이돌 챌린지만 따라 해도 인기를 얻을 수 있는데 달빛 선호가 굳이 범죄자인 블랙의 챌린지까지 하는 이유가 궁금해졌다.

하이다가 블랙 챌린지를 하고 있는 아이들을 왜 직접 만나고 싶어 했는지 조금은 이해가 되었다. 지동은 달빛 선호에게 다가가 슬쩍 챌린지 이야기를 꺼냈다.

"너 그런데 왜 블랙 챌린지를 하는 거야?"

달빛 선호는 지동이 왜 그런 질문을 하는지 이해가 안 된다는 표정이었다.

"당연히 유행이 될 만하니까."

"유행?"

"아직 사람들에게 많이 알려지지도 않았고, 충분히 이슈가 될 만한 챌린지잖아. 1등으로 챌린지 성공해서 블랙과 함께 있는 영상을 찍어 올리면 조회 수가 폭발할걸?"

"조회 수……? 그게 그렇게 중요해?"

"당연하지. 그게 바로 인기의 척도가 되니까!"

지동은 할 말을 잃었다. 달빛 선호의 머릿속에는 오로지 조회 수와 인기로만 가득 차 있는 것처럼 보였다. 그런데 달빛 선호가 갑자기 물었다.

"아 맞다. 너 221 비밀 수사대라면서? 그럼 너 하이다랑 잘 알겠네?"

"어? 어 그렇지. 동료니까."

"나 하이다 한 번만 만나게 해 주면 안 돼?"

이다가 만나고 싶어 한다는 말을 어떻게 해야 하나 고민이었던 지동은 마침 잘되었다고 생각했다.

"그건 어렵지 않은데……. 근데 왜 이다를 만나고 싶어?"

"난 하이다의 팬이니까! 정의롭고 사건 해결도 척척 하고 멋있잖아. 학원 가는 길에 우연히 본 적이 있었는데 소문대로 역시나 진짜 예리해 보이더라. 정식으로 만나서 이야기해 보고 싶어!"

달빛 선호는 순진한 얼굴로 말했다. 진심인 것처럼 보였다. 정말 블랙을 추종한다면 그 반대 지점에 있는 이다가 멋있어 보일 리가 없었다. 지동은 이다처럼 다른 사람의 마음을 읽는 능력은 없었지만, 지금 달빛 선호에게 악의가 전혀 없다는 것쯤은 본능적으로 알 수 있었다. 블랙과 상관없이 단순히 지금 유행하는 챌린지여서 관심이 있는 것 같았다.

"알았어. 마침 학교 끝나고 이다가 이쪽으로 오기로 했으니까 방과 후 교문 앞에서 만나자."

"우아, 고마워! 사인 받아야지!"

달빛 선호는 휘파람까지 불었다.

지동은 교실로 돌아오다가 목이 말라서 복도 한쪽에 있는 정수기 쪽으로 갔다.

"너희 거기서 뭐 하는 거니?"

선생님의 꾸짖는 목소리가 복도에 울렸다. 놀란 지동이 서둘러 가 보니 정수기 앞에서 아이들 두 명이 혼나고 있었다.

"모두 함께 쓰는 컵으로 장난치면 돼?"

"그게 아니라요……."

아이들 손에는 종이컵 여러 개와 휴대폰이 들려 있었다. 딱 봐도 종이컵은 수십 개가 넘어 보였다. 지동은 무슨 일인지 바로 알 수 있었다. 블랙 챌린지 2단계 영상을 찍고 있었던 것이 분명했다.

"저희 장난치는 거 아니에요."

"뭐? 그럼 뭔데? 말해 봐."

선생님이 다그치자 한 아이가 당돌하게 앞으로 나섰다.

"저희가 중요한 영상을 찍어야 해서 컵이 필요했던 것뿐이라고요. 그리고 선생님, 이거 원래 저희 쓰라고 학교에서 제공하는 거 아니에요?"

"뭐? 그래도 이렇게 한꺼번에 많이 가지고 가면 안 되지. 그럼 필요한 다른 친구들이 못 쓰게 되잖아."

선생님이 당황했다.

"에이, 어차피 저희는 어려서 법적인 문제도 없잖아요."

"그런 소리는 어디서 듣고 하는 거니?"

"예전에 블랙이 그랬어요. 우린 아직 어려서 나라에서 벌 안 준다고요."

"에이, 귀찮아. 그냥 물어 주면 되잖아요. 이거 얼만데요?"

다른 아이까지 보태어 말했다. 선생님은 너무 당황해서 말을 잇지 못하다가 차분하게 설명을 이어 갔다.

"너희가 만약 아주 목이 마른 상황인데, 와서 보니 컵이 하나도 없다면 어떻겠니?"

"그야…… 물을 마실 수가 없어서 화가 날 것 같아요."

"불편해요."

아이들은 그제야 자신들이 한 행동이 다른 사람들을 불편하게 만들 수도 있다는 것을 깨달았다.

"이건 단순히 돈을 물어 주면 해결되는 문제가 아니란다. 당장 다음 사람이 불편해지는 일이야. 그게 너희가 될 수도 있고. 규칙이라는 것은 이런 문제를 최소화하기 위해 정한 거야. 촉법소년도 그래. 어리면 범죄를 저질러도 된다는 뜻이 아니야. 너희처럼 어리고, 잘 몰라서 잘못된 행동을 하는 아이들에게 깨달을 기회를 주는 것뿐이란다. 이걸 악용해서 너희에게 해를 가하는 사람들이 있다면 어떨 것 같니? 아무렇지 않게 이해하고 용서할 수 있겠어?"

"잘못했어요. 선생님."

선생님의 말에 아이들은 물론이고, 지동도 고개를 숙였다. 예상한 것보다 블랙 챌린지의 위험성이 심각했다. 블랙의 생각이 알게 모르게 초등학생들 사이에서 많이 퍼져 있었다.

다행히 저 아이들에게는 잘못된 행동에 대해 차근차근 일러 주어 깨닫게 해 주는 좋은 어른이 있었지만 어딘가에는 주변에 좋은 어른이 없는 불행한 아이들도 있을 것이다.

지동은 그래서 221 비밀 수사대가 좀 더 노력해야 한다고 생각했다. 좋은 어른이 없는 아이들을 도와주기 위해서.

엉덩방아 챌린지

학교 수업을 마친 지동은 교문 앞으로 달려가 달빛 선호를 기다렸다. 교문 앞에서 함께 이다를 만나기로 했기 때문이다. 하지만 오기로 한 달빛 선호는 좀처럼 오지 않았다. 기다리다 지친 지동은 달빛 선호에게 전화를 걸었다.

"지금 교문 앞 언덕길이야. 잠깐 할 일이 있어서. 금방 갈게."

지동은 서둘러 언덕길 쪽으로 가 봤다. 달빛 선호가 휴대폰을 들고 언덕길 가운데 서 있는 준우를 찍고 있었다.

"지동아, 잠깐만."

지동을 발견한 달빛 선호가 손을 들어 지동을 멈춰 세웠다. 달빛 선호에게 다가가던 지동은 발걸음을 잠시 멈추었다.

"선호야, 여기서 이렇게 넘어지면 어때?"

준우가 언덕길을 내려오면서 갑자기 넘어지는 시늉을 했다.

"이유 없이 갑자기 넘어지니까 너무 어색한데?"

달빛 선호는 휴대폰에 찍힌 화면을 들여다보며 대답했다.

준우가 이번에는 발에 뭔가 걸린 것처럼 하더니 다시 넘어지는 시늉을 했다. 하지만 달빛 선호는 아쉬운 표정을 지었다.

"준우야, 좀 더 리얼하게 넘어질 수 있을까?"

"하, 그건 좀 겁나는데……."

"그럼 어떡하지? 넘어지는 게 진짜처럼 보여야 하는데."

준우와 달빛 선호는 한동안 자기들끼리 이야기를 주고받았다. 지동은 참다못해 두 사람 대화에 끼어들었다.

"너희 도대체 뭐 하는 거야?"

"뭐 하긴. 블랙 챌린지 3단계 영상 준비하지. 다른 애들이 올리기 전에 우리가 먼저 올려야 한다고."

3단계 엉덩방아 챌린지는 다른 사람의 엉덩방아 찧는 모습을 찍어 올려야 했다. 그래서 준우에게 부탁한 모양이었다.

"이다 올 시간 다 됐어. 지금 가야 돼. 그리고 아무 이유 없이 갑자기 넘어지는 게 이상하지 않냐? 좀 더 고민해 보고 나중에 다시 찍는 게 어때?"

지동은 달빛 선호를 말렸다. 달빛 선호가 블랙 챌린지 3단계를 성공한다면 당연히 곧바로 4단계 영상도 찍어 올리려고 할 것이다. 달빛 선호가 제일 처음으로 4단계까지 성공해서 블랙을 만날 수도 있었다. 상상만 해도 끔찍한 일이었다.

"알았어. 하지만 이다 올 때까지 조금만 더 연습하고 갈게. 지동이 너 먼저 교문 앞으로 가 있어."

어쩔 수 없이 지동은 혼자 언덕길을 빠져나와 다시 교문 앞으로 갔다. 이다가 오면 바로 달빛 선호에게 전화할 참이었다. 그런데 약속 시간이 다 되었는데도 이다 역시 좀처럼 오지 않았다. 얼마 후, 누군가 지동을 불렀다. 달빛 선호였다.

"지동아!"

"연습은 잘 끝났어?"

"어? 아니, 연습하는 것보다 더 좋은 아이디어가 떠올라서 연습은 안 해도 될 것 같아."

달빛 선호가 알 수 없는 미소를 지었다.

"그나저나 이다는 아직이야?"

지동이 이다에게 전화를 걸어 보려는 순간 이다에게서 문자가 왔다. 사정이 생겨서 약속 시간보다 조금 늦을 것 같다는 내용이었다. 지동과 달빛 선호는 학교 앞 아이스크림 가게에서 이다를 기다리기로 했다. 아이스크림을 다 먹고 다시 교문 쪽으로 향하려던 찰나, 갑자기 어디선가 비명이 들려왔다.

분명 이다 목소리였다. 지동은 본능적으로 소리가 나는 쪽으로 정신없이 내달렸다. 언덕길, 분명히 조금 전 달빛 선호와 준우가 있던 언덕길에서 나는 소리였다.

언덕길에 도착한 지동은 소스라치게 놀랐다. 조금 전 준우가

엉덩방아 찧는 연습을 하던 그곳에서 이다가 넘어져 괴로워하고
있었다.

"이다야, 도대체 무슨 일이야?"

놀란 지동이 이다에게 다가가려는 순간, 이다가 놀라운 이야
기를 꺼냈다.

"으. 지동아, 오지 마. 여기 바나나 껍질 있어."

"바나나 껍질? 말도 안 돼⋯⋯."

지동은 조금 전 준우가 거기
에서 넘어지는 연습을 하던
것이 떠올랐다. 분명 그때
는 바닥에 바나나 껍질은
커녕 쓰레기 하나
없이 깨끗했다.

"앗, 하이다 맞지?
그런데 네가 왜 여기에
있어?"

달빛 선호가 이다를 알아보고 깜
짝 놀랐다. 그러더니 한쪽 구석에서
무언가를 집어 올렸다.

작은 카메라였다. 그 순간 좋은 아이디어가 떠올라서 넘어지는 연습은 안 해도 될 것 같다던 달빛 선호의 말이 생각났다. 지동은 주먹을 불끈 쥐었다.

"너 설마……!"

"마, 맞아. 하지만 난 그저 지나가던 사람의 엉덩방아 영상을 찍으려고 한 것뿐이야."

"그렇다고 일부러 언덕길에 바나나 껍질을 놔 두면 어쩌자는 거야?"

"그, 그냥 자연스러운 모습을 찍으려고……. 미안. 이다가 다칠 줄은 꿈에도 몰랐어."

"이다 말고 다른 사람이라도 그건 안 되는 일이잖아!"

지동이 버럭 화를 내자 달빛 선호 얼굴이 하얗게 질렸다. 그때 혼자 몸을 일으키려던 이다가 다시 비명을 질렀다.

이다는 곧바로 병원으로 옮겨졌다. 발목 골절로 전치 6주가 나왔다. 수술을 하고 일주일 정도는 입원도 해야 했다.

이다가 몇 가지 검사를 받는 동안 221 비밀 수사대 대원들과 표 소장, 유 비서가 병원 복도로 모여들었다. 복도 한쪽 구석에는 달빛 선호와 준우가 서 있었다.

"죄송해요. 바나나 껍질을 언덕길에 두자고 한 사람은 저예요.

하지만 이렇게까지 크게 다칠 줄은 정말 몰랐어요.”

“내가 이런 이상한 애들 만나지 말라고 분명 이다에게 말했는데. 이런 애들은 미래의 블랙이라고!”

한새는 평소 냉철하고 차분하던 모습과 달리 길길이 날뛰었다. 달빛 선호가 끝내 눈물을 흘리자 지동이 나섰다.

“한새, 너 말이 너무 심하잖아. 넌 숏폼에 대해 잘 모르겠지만, 평범한 애들도 이런 영상 많이 따라 하고 찍는다고.”

“그러고 보니 이게 다 너 때문이야! 네가 달빛인지 금빛인지 쟤를 이다에게 소개한다고 해서 이렇게 된 거잖아!”

한새가 지동에게 달려들었다.

“왜 내 잘못이야? 그럼 우리가 열심히 알아보고 발로 뛸 동안 정한새 너는 뭘 했는데?”

지동도 한새에게 달려들었다. 깜짝 놀란 유 비서가 둘을 떼어 놓으려 했다.

“그만! 너희 둘 다 그만해!”

그런데 크고 날카로운 목소리가 유 비서보다 먼저 둘을 떼어 놓았다. 한새와 지동이 깜짝 놀라 순간적으로 멀리 떨어졌다. 목소리의 주인공은 놀랍게도 사과토끼였다.

“지금 이다가 다친 상황에서 우리끼리 똘똘 뭉쳐도 부족한데,

싸운다는 게 말이 되니? 이다는 당분간 수사하러 다니지 못하고 치료받아야 해. 그러니까 남은 우리 셋은 평소보다 단합이 더 잘돼야 한다고. 정신 차려!"

평소 작은 목소리로 띄엄띄엄 말하던 사과토끼는 온데간데없었다. 그 어느 때보다 사과토끼는 또렷한 눈빛으로 강한 모습을 보였다.

위기가 오면 꺾이는 사람이 있지만 사과토끼는 오히려 강해졌다. 한새와 지동은 풀이 죽은 얼굴로 사과토끼를 바라보았다. 이 모든 모습을 지켜보던 표 소장은 심각한 얼굴로 한새에게 뚜벅뚜벅 걸어갔다.

"죄송해요. 하지만⋯⋯."

한새는 굳은 얼굴로 고개를 숙였다. 지동에게 먼저 달려든 것은 자신이었다. 불호령을 내릴 줄 알았던 표 소장은 뜻밖에도 한새를 가만히 안아 주었다. 놀란 한새가 얼굴을 들었다. 어느새 한새 눈에는 눈물이 그렁그렁 맺혀 있었다.

"괜찮아. 한새야, 이다가 다쳐서 많이 놀라고 속상하지?"

표 소장은 한동안 한새를 토닥여 주었다.

병원 휴게실 텔레비전 속 아나운서만이 열심히 말을 하고 있었다. 번져 가는 블랙 챌린지에 대한 우려 섞인 목소리였다.

PART 2
말도 안 되는 일

병원

이다의 발목 수술은 무사히 끝났다. 그렇지만 이다는 한참을 통증에 시달려야 했고 혼자 돌아다닐 수 없었다. 이다의 엄마가 간병을 하면서 1인 병실에서 함께 지내게 되었다. 몸이 약한 언니 이지에게만 붙어 있던 엄마가 처음으로 이다에게 집중하게 된 것이다.

이다는 내심 이 점이 좋았다. 그래서 달빛 선호가 자신의 부모

님과 함께 이다에게 사과하러 찾아왔을 때 너그럽게 받아 줄 수 있었다.

"정말 미안해. 내 생각이 짧았어."

달빛 선호가 고개를 숙였다. 이다는 달빛 선호가 그만큼 유행을 앞서 나가는 데 눈이 멀어 있었다는 것을 깨달았다. 처음부터 잘못된 행동이라는 것을 알았지만 다들 하니까, 다들 좋아하니까 어느 정도는 허용이 될 수 있다고 생각한 것이다.

달빛 선호는 그런 안일한 생각이 누군가를 다치게 하는 범죄로까지 이어졌다며 깊이 반성했다.

수술 다음 날부터 정말 많은 사람들이 찾아왔다. 221 비밀 수사대 대원들은 물론 단짝 친구 지우는 날마다 왔다. 또 표 소장, 유 비서, 신 형사도 틈날 때마다 찾아왔다. 특히 신 형사는 마치 자기 잘못이라도 되는 것처럼 미안해했다.

"형사님, 저는 진짜 괜찮아요. 221 비밀 수사대 주변에서 아이들을 상대로 일어나고 있는 사건인 만큼 제가 수사하는 게 당연하잖아요. 그리고 제가 좀 더 주의를 기울였다면 사고는 일어나지 않았을 거예요."

"하지만 제가 사건을 정식으로 맡아 달라고 한 건 사실이니까요. 제가 책임자인 만큼 당연히 사과는 해야 합니다. 이다 양, 정말 미안합니다. 그리고 어머님께도 정말 죄송합니다. 귀한 따님을……."

신 형사는 원망의 눈빛을 보내는 이다의 엄마에게도 고개를 숙였다. 엄마는 한동안 이다를 바라보다가 이렇게 말했다.

"이번 일은 사고였다는 것을 인정합니다. 하지만 그동안 지켜본 바로는 꽤 위험한 범죄자를 쫓고 있는 것 같더군요. 이렇게 위험한 일인 줄 알았다면 수사대인지 뭔지를 하겠다고 했을 때 동의하지 않았을 거예요. 경찰도 함께 한다고 해서 믿고 맡긴 거라고요."

"네……. 정말 면목이 없습니다."

"하지만…… 우리 이다가 이 일을 시작한 뒤부터 눈에 띄게 밝아지고 있다는 것을 느꼈어요. 좋아하는 일을 처음으로 찾은 것 같더라고요. 앞으로도 이다가 좋아하는 일을 안전하게 할 수 있도록 노력해 주세요. 부탁드립니다."

이다는 엄마가 이런 말을 할 줄 몰랐기에 너무나 놀랐다. 그동안 이다가 221 비밀 수사대 일을 하고 있는 것을 말없이 지켜보기만 했던 엄마였다. 그래서 이다는 엄마가 자신에게 관심이 없는 줄로만 알았다.

"네. 정말 감사합니다!"

"아니에요. 제가 잘 부탁드립니다."

신 형사와 엄마가 마주 보며 고개 숙이는 것을 보고 이다는 그동안 엄마에게 느꼈던 서운한 마음이 눈 녹듯 사라졌다. 이다가 수사대를 한다고 했을 때 두말없이 동의서에 사인해 주었던 엄마였다. 자신에게 별로 관심이 없고, 귀찮아서 대충 허락해 준 것인 줄 알았는데 그게 아닌 모양이었다.

엄마는 알고 있었다. 이다가 진심으로 이 일을 하고 싶어 했다는 것을. 그리고 무엇을 어떻게 잘해 나가고 있는지 묵묵히 지켜보고 있었다. 이다는 여태까지 엄마를 오해하고 있었다. 엄마는 이지 언니의 엄마만이 아니었다.

그렇게 이다가 입원한 지 3일이 지났다. 휠체어를 타고 엄마와 함께 산책을 나섰던 이다는 뜻밖의 사람을 보게 되었다.

"오시우?"

분명히 시우였다. 시우가 병원에 입원했다는 것은 알고 있었지만 같은 병원에 입원했다는 것은 몰랐다. 아무래도 표 소장이 일부러 전하지 않은 것 같았다.

혼자서 산책 중이었던 시우도 이다를 보고 무척 놀란 눈치였다. 시우는 곧 뒤돌아 도망치듯 가 버렸다.

"시우야……."

시우가 도무지 말을 하지 않아 입원이 길어지고 있다는 소식은 들었다. 잠깐 본 것이지만 얼굴이 핼쑥하고 표정이 좋지 않아 보였다. 블랙에게 버림받았다는 생각에 절망감과 후회로 가득 차 있을 것 같았다.

비록 221 비밀 수사대에게는 적이었지만, 시우가 받았을 상처를 생각하면 이다는 가슴이 아팠다. 다행인 것은 시우가 이제 산책 정도는 한다는 것이었다.

병실에 와서도 이다의 머릿속은 시우 생각으로 꽉 차 있었다. 언니와 아빠가 무슨 생각을 그렇게 골똘히 하냐고 물어볼 정도였다. 한때는 시우가 무섭기도 했는데 이상한 일이었다. 그런데 그건 시우 역시 마찬가지인 듯했다. 다음 날 아침, 시우가 이다 병실 앞으로 찾아온 것이다.

"너, 이다 친구 맞지?"

다 먹은 식판을 내놓으려고 나갔던 엄마가 병실 문 앞에서 누군가와 대화하는 것을 듣고 이다는 그게 시우라는 것을 알았다. 다른 아이들은 모두 학교에 있을 시각이었기 때문에 이른 아침부터 이곳을 찾아올 또래 아이는 시우밖에 없었다.

"엄마! 내 친구야. 들어오라고 해."

움직이는 게 불편한 이다는 서둘러 소리쳤다. 다행히 시우는 도망치지 않고 순순히 안으로 들어왔다.

"오…… 아니, 시우야."

시우를 성까지 붙여 부르려던 이다는 멈칫했다.

시우의 사연은 이미 들어 알고 있었다. 시우는 원래 김시우였고 블랙, 즉 오병렬에게 입양되어 오시우가 된 거였다. 시우가 어떤 성으로 자신이 불리길 원하는지 모르기 때문에 그냥 성을 빼고 이름만 부르는 게 좋을 것 같았다. 시우를 자극하고 싶지 않았다.

시우는 눈을 끔뻑이며 서 있더니 조심스럽게 손을 흔들었다. 아직 말을 못하는 게 맞는 것 같았다.

"잘 지냈어?"

시우는 고개를 살짝 끄덕였다. 이다는 무슨 말을 해야 할지 고민했지만 곧 아무렇지 않게 대하는 것이 좋을 것 같다는 생각이 들었다. 시우는 블랙의 양아들이기 이전에 이다와 같은 초등학교 같은 반 친구였다. 친구로 편하게 대하는 것이 전혀 이상하지 않았다.

"나 발목 부러졌다. 이것 좀 봐."

그러자 시우는 가만히 수술한 곳을 바라봤다.

"아프냐고? 맞아. 엄청 아파. 나 수술까지 했는걸."

이다는 아무래도 시우가 발목 부러진 이유에 대해 궁금해할 것 같았다. 하지만 블랙에 대한 것까지 자세하게 말할 수는 없었다.

"길 가다가 우연히 바나나 껍질을 밟고 넘어졌지 뭐야. 누가 바나나를 먹고 껍질을 길에 버렸나 봐. 내가 운이 좀 없었던 것 같아."

시우는 고개를 끄덕였다.

"그러고 보니 너 어제 산책 갔다 온 거야? 잘했어. 하루 종일 병원 안에만 있다 보면 우울하고 슬픈 생각도 들고 그러잖아. 그럴 땐 상쾌한 공기 마시면 기분 전환도 되고 좋을 것 같아."

시우는 이번에도 고개를 끄덕였다. 소름 끼칠 만큼 까맣고 크게 보이던 시우 눈동자가 힘 없이 움직였다. 하지만 이다 말을 듣는 것을 싫어하는 것 같진 않았다. 이다는 그래서 평소와는 달리 수다스럽게 이런저런 말들을 혼자 떠들어 댔다. 지금까지 이렇게 많은 말을 한 것은 처음이었다.

"그리고 지동이 말이야. 평소 한새가 지동을 곰지동이라고 부르는데, 처음에는 이해가 안 갔는데 이제는 이해가 되더라고. 요즘 지동의 취미는 몬스터 카드 수집이 아니래. 글쎄 그렇게 열심히 모았던 몬스터 카드를 얼마 전에 다른 친구에게 홀랑 줘 버린 거 있지? 그래 놓고 마음이 허전하다는 둥 풀이 죽은 얼굴로 돌아다니더라고. 정말 못 말린다니까."

여기까지 이야기했을 때 이다는 아차 싶었다. 시우가 얽혀 있는 몬스터 카드 사건 이야기를 해 버린 것이다. 아니나 다를까 시우의 표정이 급격히 어두워지더니 갑자기 손을 흔들어 간다는 시늉을 했다.

"그…… 그래. 잘 가. 또 이야기하자."

이다는 시우에게 손을 흔들어 주었다. 이다는 나중에라도 시우에게 해 줄 이야기를 생각해 두기로 했다. 시우의 관심사는 잘 모르지만 시우가 유일하게 웃었던 친구들에 대한 에피소드들도 생각나는 대로 수첩에 적어 두었다.

다음 날, 아침을 먹고 치우는데 시우가 다시 찾아왔다. 정말 의외였다.

"이다야, 어제 왔던 친구가 또 왔네. 엄마는 나가서 볼일 좀 보고 올게."

이다가 미리 시우에 대해 말해 놓아서 엄마가 자리를 피해 주었다. 시우는 아직도 안색이 좋지 않았지만 그래도 어제와 달리 살짝 웃으며 손을 흔들었다.

"네가 와서 다행이야. 사실 오전 시간이 제일 심심하거든. 다

학교 가서 놀아 줄 사람이 없잖아. 사과토끼도 오전 시간에는 홈 스쿨링으로 바쁘거든. 알지? 사과토끼는 학교 안 다니고 홈스쿨 링 하는 거. 사과토끼는 정말 대단한 것 같아. 내가 만약 학교에 안 가고 집에 있었다면 만날 늦잠이나 자고 그랬을 거야."

이다는 시우가 아는 사과토끼에 대한 이야기를 했다. 시우는 중간중간 고개를 끄떡이기도 하고 살짝 웃으며 반응했다. 이다 는 얼마 전에 지우에게 들은 채미리 이야기도 했다. 미리가 루미 미 팬클럽을 탈퇴할 뻔했다는 소식을 전하자 시우는 너무나 놀 란 듯 입을 떡 벌렸다.

"너도 엄청 놀랐지? 하긴 채미리랑 루미미는 떼어 놓고 생각 할 수 없을 정도니까. 신인 남자 아이돌 그룹에 빠져서 거기에 집 중하기 위해 루미미를 떠날 생각을 한 거래. 하지만 일주일 만에 마음이 식어서 루미미에게 다시 돌아갔다지 뭐야. 그 신인 남자 아이돌 그룹 이름이 뭐였더라? 초코바나나? 무슨 과일 이름이었 는데?"

이다의 말에 갑자기 시우가 답답한 듯 가슴을 내리치며 손이 분주해졌다. 쓸 것을 달라는 것 같았다. 시우의 마음을 금세 알 아챈 이다가 수첩과 펜을 주자 시우가 뭔가를 적어 이다에게 내 밀었다.

초코바나나(X), 초코멜론(O)

"푸하하. 그렇구나. 내가 연예인을 잘 몰라서. 너는 잘 아네? 시우 너도 그런 분야에 관심이 없을 줄 알았어."

이다는 민망해서 어색하게 웃었다. 시우는 다시 수첩에 뭔가를 적었다.

나 아이돌 연습생 했던 건 진짜야.
비록 한 달이기는 했지만.

"정말? 신기하다. 난 채미리가 그냥 하는 말인 줄 알았어. 네가 잘생겼으니⋯⋯."

말하다가 이다는 또 아차 싶었다. 대놓고 잘생겼다고 하다니! 순간 얼굴이 빨개졌다.

"아, 그러니까 내가 널 잘생겼다고 생각한다는 게 아니라 객관적으로 봤을 때 잘생겼다는 거야. 물론 그것도 잘생겼다고 생각하긴 하는 건데⋯⋯. 아, 미안. 지금 내가 도대체 무슨 소리를 하는 거지?"

"푸훗!"

갑자기 시우가 웃음을 터뜨렸다. 이다는 부끄러워 당황해하다가 깜짝 놀랐다. 방금 시우가 소리 내어 웃었기 때문이었다.

미끄럼틀 챌린지

시간이 지날수록 221 비밀 수사대의 마음은 한층 바빠졌다. 3단계를 성공한 아이들이 늘어났기 때문이다. 이제 누군가 4단계를 성공하는 것도 시간문제였다.

"내일이라도 4단계까지 성공한 애가 나와서 블랙을 만나게 되면 큰일이야. 하이다도 아프고 뭘 어떻게 해야 할지 잘 모르겠다."

한새가 한탄했다. 지동 역시 기운이 쏙 빠지긴 마찬가지였다. 이다 면회를 갔을 때는 별문제 없는 것처럼 행동했지만, 사실 문제가 많았다. 이다가 없어서인지 미스터리 파일 보고서에는 이다가 다쳤다는 이야기까지만 나와 있고, 그 뒤로는 수사에 도움이 될 수 있는 글자들은 전혀 나타나지 않았다.

"아무래도 미스터리 파일 보고서의 글자는 이다가 수사에 참여해야 나타나는 것 같아."

지동은 머리를 부여잡았다. 그때 숏폼 영상을 하나씩 다시 찾아보던 사과토끼가 조용히 말했다.

"우…… 우리가 먼저 성공하면 어때? 블랙 챌린지 4단계 말이야."

이 말에 지동과 한새가 동시에 서로를 바라보았다. 그런 생각은 미처 하지 못했던 것이다.

"그런데 하루에 하나씩만 영상을 올릴 수 있는데 우리가 어떻게 가장 먼저 성공해? 이미 다른 애들은 3단계까지 성공했다고. 지금 당장 시작해도 최소 4일은 걸려."

한새가 사과토끼의 말에 반박하자 그 순간 지동이 벌떡 일어섰다.

"방법이 있어! 오늘 3단계 영상을 올려서 '좋아요'를 받고, 4단계 영상도 미리 만들어서 내일 아침에 올리면 돼!"

"곰지동, 그게 말이 되냐? 1, 2단계는 어쩌고?"

한새가 핀잔을 줬지만 지동은 눈을 계속 반짝였다.

"그게 가능한 사람을 찾으면 되지. 2단계까지는 성공했고, 3단계 영상도 이미 찍어 놔서 올리기만 하면 성공할 사람! 바로 달빛 선호!"

"뭐? 그 자식 이야기는 꺼내지도 마. 아직도 화나니까."

한새는 부정적이었지만 사과토끼는 달랐다. 지동에게 전염된 듯 같이 눈을 반짝이기 시작했다.

"지, 지동이 말이 맞아. 이다에게는 미안하지만 이다가 넘어지는 3단계 영상도 이미 있으니까……."

"이다에게 허락받고 오늘 올리면 돼. 그리고 곧바로 4단계 영상을 제작하는 거지. 3단계 영상 '좋아요' 수가 부족한 애들도 많고, 4단계가 위험해서 그런지 아직 4단계 영상을 올린 애가 없잖아. 아직 시간이 있어."

"그래. 네 말대로 이다의 영상을 올려서 3단계에 성공했다고 치자, 그럼 다음은 어쩔 건데? 다른 애들도 못 하고 있는 4단계를 우리가 무슨 수로 찍어. 높은 미끄럼틀 위에서 뛰어내리다 크게 다칠 수도 있다고."

한새는 고개를 절레절레 흔들었다. 하지만 지동에게는 다 계획이 있었다.

"내가 비밀 하나 알려 줄까?"

"갑자기 무슨 비밀?"

"유 비서님 말이야. 사실 옛날에 스턴트 배우 일을 했었나 봐."

"그게 정말이야?"

한새와 사과토끼가 동시에 놀랐다. 지동의 말이 사실이라면 미끄럼틀 위에서 뛰어내리는 데 유 비서만큼 적합한 인물도 없을 것이다. 그리고 누구보다 달빛 선호를 멋지게 연기할 변신의 달인이기도 했다.

"여, 영상 시작 부분에만 달빛 선호가 등장하고…… 유 비서님이 달빛 선호와 똑같이 변장해서 등장한 뒤, 자연스럽게 편집하면 아무도 눈치 못 챌 거야."

사과토끼도 말을 보탰다. 한새는 반짝이는 네 개의 눈동자를 보면서 결국 고개를 끄덕이고 말았다. 딱히 반대할 이유를 찾을 수 없을 만큼 완벽한 계획이었다.

시간이 촉박한 만큼 일은 일사천리로 진행되었다. 그날 오후 달빛 선호는 이다가 넘어지는 영상을 올렸다. 이다의 얼굴에는 살짝 모자이크 처리를 했다.

순식간에 댓글들이 달리고 '좋아요' 수는 200개도 훌쩍 넘었다. 인기 크리에이터인 달빛 선호의 영향력은 대단했다.

동시에 아이들은 4단계 영상을 찍기 시작했다. 야구 모자를 눌러 쓴 달빛 선호가 카메라에 잡혔다. 그리고 자연스럽게 손 인사를 하며 미끄럼틀 위로 올라갔다.

잠시 뒤, 드디어 달빛 선호가 내려오고 유 비서가 미끄럼틀 위로 올라갈 차례였다. 한새는 잠시 촬영을 멈추고 달빛 선호가 내려오길 기다렸다. 그런데 얼마 동안의 시간이 흘러도 달빛 선호는 내려오지 않고, 그 자리에 그대로 있었다. 보다 못한 한새가 소리쳤다.

"야, 이제 바꿔야지. 네가 내려오고, 유 비서님이 올라갈 차례라고!"

"맞아. 이제 유 비서님 찍을 차례야!"

지동도 거들었다. 그러나 달빛 선호는 미끄럼틀 위에서 내려올 생각을 안 했다.

"야! 달빛 선호!"

지동이 한 번 더 소리치자 누군가 등을 탁 쳤다.

"왜 불러?"

놀랍게도 달빛 선호가 지동 뒤에 서 있었다.

"뭐? 그럼 저 위에 있는 사람은 누구……? 헉!"

그 순간 지동은 미끄럼틀 위에 있는 사람이 누군지 깨달았다. 바로 유 비서였다. 달빛 선호와 똑같이 꾸민 유 비서.

달빛 선호와 똑같은 옷차림은 물론이고, 행동이나 걸음걸이까지 똑 닮아서 얼핏 보면 정말 달빛 선호가 움직이는 것 같았다. 그래서 아이들은 미끄럼틀 위에 있는 사람이 미처 유 비서라는 것을 눈치채지 못한 것이다. 221 비밀 수사대 대원들은 저도 모르게 박수를 쳤다.

"유 비서님, 팬클럽에 가입하고 싶어요!"

지동은 방방 뛰기까지 했다. 여태 잠자코 있던 유 비서가 코웃음을 쳤다.

"훗, 나 지금 유 비서가 아니고 달빛 선호거든."

"와, 뼛속까지 달빛 선호로 변신했어!"

유 비서는 촬영이 시작되는 큐 사인이 떨어지자 잠시 망설이는 것처럼 하더니 순식간에 바닥으로 힘껏 뛰어내렸다.

한새는 몇 차례 찍은 영상 중 가장 괜찮은 것을 골라 221 비밀 사무소에 대기 중인 사과토끼에게로 전송했다.

사과토끼는 달빛 선호가 얼굴을 보이며 처음 등장하는 장면과 유 비서가 미끄럼틀 위로 올라가 뛰어내리는 장면을 자연스럽게 하나로 연결해 편집했다. 누가 봐도 미끄럼틀 위에서 뛰어내린 사람이 달빛 선호로 보이도록.

비록 이다는 병원에 있었지만 남은 수사 대원들이 열심히 힘을 합쳐 이다의 빈자리를 채워 나갔다. 이렇게 완성된 4단계 영상을 달빛 선호가 올리자마자 순식간에 댓글이 달리기 시작하더니 '좋아요' 수도 빠른 속도로 올라갔다. 마침내 100개의 '좋아요'를 받아 최초로 블랙 챌린지 4단계까지 성공하게 되었다.

댓글 >

선호 사랑

달빛 선호는 역시 대단해! 4단계 성공은 처음인 것 같은데?

달빛 왕자

달빛 선호의 다음 영상은 블랙과의 만남 영상이겠는데?

처음으로 완벽하게 4단계까지 성공한 사람이 나왔으니 이제 누가 뭐라고 해도 달빛 선호가 블랙을 만나게 될 것이다.

한새는 가장 먼저 이다에게 메시지를 보내 소식을 알렸다. 그런데 병실에만 있어 늘 심심하다던 이다가 답장이 없었다. 한새가 보낸 메시지를 읽지도 않았다. 이상했다. 그러고 보니 어제도 이 계획을 알리기 위해 전화를 걸었을 때 뭔가 굉장히 바쁜지 금세 끊어 버렸다.

"뭐지? 혹시 지우가 병문안이라도 간 건가?"

한새는 이상한 기분이 들었다. 평소 이다라면 벌써 몇 번이고 전화해서 어떻게 진행되고 있는지 물어봤을 것이다. 한새는 이다에게 전화를 걸어 보려다가 관두었다. 이제 목발을 짚고 다닌다고 했으니 혼자 화장실에 갔을 수도 있었다.

"그래, 쉬는데 괜히 귀찮게 하지 말자."

말은 그렇게 했지만 한새는 자꾸 이다가 메시지를 읽었는지 확인해 보았다.

한새
하이다,
뭐 하고 있어?

한새
달빛 선호가
4단계 성공했어!

돌아온 김시우

이다는 시우가 소리 내어 웃은 것을 처음 보았다. 그동안 표 소장에게 듣기로도 얼굴에 웃음기는커녕 늘 우울한 표정이라고 했었다.

시우도 얼떨결에 웃음이 나왔는지 더 이상 소리 내어 웃지는 않았다. 자신의 병실로 돌아갈 때까지 미소만 띨 뿐이었다. 그래도 이다는 그 속에서 희망을 보았다.

다음 날부터 이다는 시우를 웃기기로 결심했다. 그래서 시우가 찾아올 때마다 지동에 관한 온갖 웃긴 이야기를 쏟아 내기 시작했다.

아주 유치하고 사소한 것까지 전부 말했다. 이다는 처음에는 이런 이야기들이 시우를 웃게 만들 수 있을지 걱정되었지만, 쓸데없는 걱정이었다. 이다의 말 한마디 한마디에 시우가 소리 내어 웃어 주었기 때문이다. 어떤 때는 너무 웃긴지 배를 부여잡고 웃기도 했다.

"지난번에는 지동이가 갑자기 붕어빵이 너무 먹고 싶다고 고요동 일대를 다 뒤지고 다녔거든? 그런데 한참을 돌아다니더니 한껏 풀이 죽은 모습으로 사무소에 왔지 뭐야. 아무리 찾아도 붕어빵 파는 곳이 한 군데도 없다면서 말이야. 정말 이상했어. 왜냐하면 내가 분명히 221 비밀 사무소 오는 길목에 풀빵 파는 곳을 봤거든."

지동이는 못 봤나 보네?

시우가 수첩에 적어 이다에게 내밀었다.

"아니. 내가 사무소 앞에 풀빵 파는 곳 못 봤냐고 물어봤더니 풀빵은 붕어빵하고 다르다는 거야. 붕어빵에는 팥이 들어 있는데, 풀빵에는 풀이 들어 있다나?"

"푸하하!"

시우가 또 웃었다.

"또 지동이가 저번에는 화장실에 갔는데……."

"큭큭큭. 이제 그만. 너무 웃기니까 그만 말해."

지동이 이름만 나오면 웃던 시우가 배를 잡고 웃다가 마침내 말을 했다. 소리 내어 말을 한 것이다.

"우아! 됐다!"

이다가 시우 손을 덥석 잡았다.

"어? 정말이네……?"

시우 표정이 순식간에 환해졌다.

이다는 이제야 마음이 놓였다. 밝은 척 떠들고 있었지만 시우만 보면 마음이 슬프고 아팠다. 블랙에게서 구해야 할 가장 첫 번째 아이, 시우는 가장 큰 피해자였다.

마침 오늘은 이다가 퇴원하기 전날이었다. 내일이면 시우와 대화 나눌 기회가 없다고 생각하니 마음이 조급했는데 정말 다행이었다.

"시우야, 넌 좋은 애 같아."

이다가 말하자 시우가 깜짝 놀라서 이다 얼굴을 빤히 바라보았다. 순간 이다는 괜한 말을 한 것 같아서 후회가 되었다. 그때 누군가 이다의 병실 문을 두드렸다.

"드, 들어오세요."

어색한 분위기가 될 뻔했는데, 마침 누군가 온 것이 다행이라고 생각했다. 그러나 들어온 사람은 공기를 더 어색하게 만들 사람이었다. 바로 표 소장이었다.

"어? 소장님."

이다는 뭐라고 설명해야 할지 몰라서 표 소장과 시우를 번갈아 바라보았다. 표 소장은 시우가 있는 것을 보고 무척이나 놀라는 눈치였다. 시우 역시 당황해하고 있었다.

"그게 아니라…… 시우가 놀러 와서……."

이다답지 않게 말끝을 흐렸다. 머릿속이 하얗게 된다는 게 바로 이런 것 같았다.

"오셨어요……?"

먼저 말을 한 것은 시우였다. 순간 표 소장 얼굴이 기쁨으로 가득 찼다.

"시우야! 드디어 말을 하는구나!"

표 소장은 이제 시우가 왜 이다와 함께 있는지는 궁금하지도 않았다. 시우가 다시 말을 하게 됐다는 것만으로도 기쁨에 넘쳐 무엇을 따질 겨를이 없는 것 같았다.

"네 병실에 갔는데 없어서 이다 병실에 온 거란다. 그런데 이렇게 말을 하고 있다니……."

감격한 표 소장이 말을 잇지 못하더니 돌아섰다. 그리고는 고개를 숙이고 어깨를 들썩였다.

"설마…… 우시는 거예요?"

"아, 아니."

시우는 표 소장의 등을 계속 보고 있었다.

"어머, 메시지가 왔네?"

이다는 괜히 쑥스러워 애꿎은 휴대폰을 찾아 만지작거렸다. 마침 한새에게서 메시지가 와 있었다.

"와, 성공이다!"

"응? 뭐가?"

시우가 물었다. 이다는 시우에게 모든 것을 솔직하게 말해야 할지 잠시 고민되었다. 그동안 시우가 했던 일들이 떠올라 잠시 망설여진 것이다. 하지만 조금 전 이다가 시우에게 한 말은 진심이었다.

시우는 좋은 아이인 것 같았다. 그동안 블랙에게 철저히 이용당했기에 어쩔 수 없는 선택이었을 것이다. 이다는 이 일을 시우가 알게 됐을 때 시우의 마음이 어떨지 걱정이 되었다. 그런데 시우가 먼저 이다의 생각을 알아차렸다.

"블랙에 관한 거지? 난…… 괜찮아. 이제 나는 모든 걸 알게 되었으니까."

"소장님, 시우에게 말해도 돼요?"

"그래. 그렇게 하렴."

표 소장은 시우가 아무 말도 하지 않고, 눈도 마주치지 않았을 때부터 꾸준히 시우를 만나러 왔었다. 언젠가 시우가 마음을 열어 줄 거라는 믿음이 있었기 때문이다.

시우는 블랙으로부터 받은 엄청난 상처 때문에 잠들어 있는 시간을 제외하고는 블랙의 생각으로 하루하루를 보냈다. 그러면서 자연스레 자신의 깊은 마음속에 갇혀 말을 할 수 없었다. 하지만 이제는 블랙에 대한 마음을 온전히 내려놓고 다시 말을 할 수 있게 되었다.

이다는 어쩌면 생각보다 시우의 마음이 괜찮을지도 모른다는 생각이 들었다. 자기 자신을 소중하게 생각하는 똑똑한 아이였기 때문이다. 그래서 결국 이다는 시우에게 블랙 챌린지에 대해 말해 주었다.

전달하는 데 시간이 꽤 오래 걸렸고, 지동과 관련된 이야기들보다 재미있지는 않았지만 시우는 꽤나 집중하며 열심히 들었다. 시우는 그렇게 달라지고 있었다.

달빛 선호가 블랙 챌린지 4단계에 성공했다는 소문은 빠르고 넓게 퍼져 나갔다. 워낙 아이들 사이에서 유명한 숏폼 크리에이터이기도 했지만, 사과토끼가 여기저기 댓글을 달고 게시물을 공유한 덕분이었다.

"히히, 이제 곧 블랙 귀에 들어갈 거야. 블랙이 달빛 선호에게 만나자고 연락이 오면 우리의 작전은 거의 성공한 거나 다름없어."

"그거야 그렇지."

이다의 퇴원 날, 한새는 자꾸 병원 입구 쪽을 바라보며 건성으로 말했다. 아직 컴퓨터 작업이 남아 바쁜 사과토끼와 다른 일정이 있는 어른들을 두고, 지동과 한새가 이다의 퇴원을 축하하기 위해 온 것이다. 둘은 이다를 놀라게 하기 위해 병원 입구 기둥 뒤에 숨어 있었다. 물론 이다에게는 못 간다고 거짓말을 한 상태였다.

"그냥 병실로 올라갈 걸 그랬나 봐. 으구, 내가 곰지동 말을 듣는 게 아니었는데."

"어허, 깜짝 파티를 누가 대놓고 하냐? 이다가 퇴원 후 병원 밖으로 나올 때 우리가 갑자기 나타나서 '서프라이즈!' 하고 외쳐야 진정한 깜짝 파티지! 지금 이다는 우리가 온 것도 전혀 모른다고!"

지동이 케이크에 다시 불을 붙이며 말했다. 바람 때문에 자주 불이 꺼진 탓에 여러 번 불을 붙이길 반복했다. 그러다 보니 초가 점점 짧아지고 있었다.

"나올 시간이 한참 지났는데 이다 얘는 도대체 왜 안 나와? 무슨 일 생긴 건 아니겠지?"

한새는 까치발까지 들었다. 그렇게 한다고 해서 이다를 더 빨리 볼 수 있는 것도 아니었지만.

"어? 저기 이다 아냐?"

이제 막 병원 입구에서 나오는 이다를 먼저 발견한 건 지동이었다. 이다 곁에는 짐 가방을 든 이다 엄마도 있었다. 그런데 그 옆에 환자복을 입은 누군가가 또 있었다. 그 사람은 이다가 탄 휠체어를 밀고 있었다.

"누구지?"

"쟤…… 쟤가 왜 여기 있어?"

누군지 먼저 알아본 한새가 깜짝 놀라 소리쳤다. 시우가 이 병원에 있다는 것을 표 소장만 알고 있었기 때문에 당연한 반응이었다.

"뭐야, 이다랑 왜 친해 보이는데? 그런데 시우 저 녀석, 말을 못한다고 하지 않았어?"

지동도 놀랐다. 정말 시우는 이다와 웃으며 떠들고 있었다. 한새는 더 보고만 있을 수 없었다.

"야, 하이다!"

한새가 달려들 것처럼 병원 입구로 뛰어 들어갔다.

"어? 한새야. 못 온다더니 어떻게……."

"그, 그게. 아, 그러니까 지금 우리 수사대가 비상 상황이야!

그래서 네가 꼭 필요해!"

한새가 미리 준비라도 한 것처럼 술술 말했다. 곧 뒤따라온 지동은 이다 곁에 있는 이다 엄마에게 꾸벅 인사를 했다.

"어머님, 안녕하십니까? 그간 잘 지내셨습니까? 헤헤. 어제와 그제는 저희가 경황이 없어서 못 왔습니다. 참, 케이크 좀 드시겠어요?"

지동이 너스레를 떠는 동안 한새는 시우를 밀어내고 이다의 휠체어를 잡았다. 이다가 한새 쪽으로 돌아보며 물었다.

"무슨 일이야? 비상 상황이라니?"

"그게……. 아, 그래. 그러니까 이제 곧 달빛 선호가 블랙을 만날 거란 말이야. 그런데 달빛 선호 혼자 블랙을 만나러 나가는 건 너무 불안하잖아."

"그렇긴 하지."

"그래서 달빛 선호를 옆에서 도와줄 수 있는 대원이 함께 가야 할 것 같아. 우리 중에 그런 사람이 이다, 너 말고 또 누가 있겠어?"

한새는 생각나는 대로 아무렇게나 둘러댄 것이지만 제법 그럴듯하다고 생각했다. 그런데 그 순간 갑자기 시우가 한새의 어깨를 잡았다.

"나도 내일 퇴원하니까 그거 내가 하면 안 될까?"

뜻밖의 말이었다.

"네가?"

"근데 너 어떻게 말을 해?"

한새와 지동이 동시에 말했다. 지동은 잠시 어색해하다가 초가 너무 짧아져 우스꽝스럽게 보이는 케이크를 시우에게 불쑥 내밀었다.

"너도 케이크 먹을래?"

"풋. 크크크."

시우가 웃음을 터뜨렸다. 지동 얼굴을 보고 반사적으로 웃음이 나온 것도 있지만 짧은 초가 꽂힌 케이크가 너무 재미있게 보였던 것이다.

"시우, 얘 왜 이래? 말 못하는 건 고쳤는데, 이제는 웃는 병에 걸린 거야?"

지동의 엉뚱한 말에 시우는 다시 웃음을 터뜨렸다.

그날 밤 달빛 선호는 새로운 영상 하나를 올렸다. 그동안의 밝았던 영상들과는 달리 다소 차분하고, 정중한 분위기였다. 영상은 달빛 선호가 어두운 얼굴로 앉아 고개를 숙이는 것으로 시작되었다.

"저는 여러분이 알다시피 블랙 챌린지 4단계를 제일 먼저 성공했습니다. 하지만 이 과정에서 평소 제가 좋아하던 친구가 부상을 입었습니다. 3단계 영상에서 얼굴이 잘 나오지는 않았지만 엉덩방아를 찧은 사람이 바로 그 친구입니다. 그런데 그 친구가 엉덩방아를 찧으면서 발목을 크게 다쳐서 수술까지 받게 되었습니다.

저는 이 일로 제 행동이 얼마나 경솔했는지 느끼게 되었고, 블랙 챌린지가 다른 사람에게 큰 피해를 주고 있다는 걸 깨닫게 되었습니다. 그래서 지금도 제 잘못에 대해 깊이 반성하고 있습니다. 앞으로는 유행만 좇아 영상을 찍어 올리는 일은 하지 않겠습니다. 죄송합니다."

달빛 선호가 다시 꾸벅 인사를 마치자 영상은 끝이 났다. 그동안 블랙 챌린지 영상을 찍어 올린 아이들은 달빛 선호의 고백에 크게 동요했다. 사실 아이들도 블랙 챌린지가 누군가에게 피해를 줄 거란 생각을 전혀 못 한 것은 아니었지만 유행처럼 너도나도 하다 보니 크게 잘못되었다고 판단하지 못했던 것이다. 곧 댓글들은 반성의 내용으로 채워졌다.

"역시 하이다야."

지동이 엄지손가락을 치켜들었다.

　달빛 선호가 블랙 챌린지의 문제점을 영상을 통해 공개하고, 더불어 사과하는 영상을 올리도록 제안한 사람이 바로 이다였다. 이다는 달빛 선호의 영상을 통해 아이들이 블랙 챌린지가 얼마나 잘못된 것이었는지 깨닫고, 더 이상 블랙 챌린지 영상을 올리지 않길 바랐다.

　이다의 예상대로 영상은 크게 화제가 되었고, 재미로 위험한 챌린지를 했던 아이들이 스스로 반성하는 영상들을 올리기 시작했다.

　이른바 '반성 챌린지'가 시작된 것이다.

PART 3
화이트 챌린지

맞불

　반성 챌린지 영상이 여기저기서 빠르게 올라오기 시작하자 221 비밀 수사대는 한 가지 더 새로운 아이디어를 냈다. 바로 블랙 챌린지의 반대편에 서서 맞대응하는 챌린지를 만들기로 한 것이다.

　"단순히 반성 챌린지를 넘어 자신이 벌인 일을 스스로 수습하고, 도움이 필요한 사람에게 도움을 주는 챌린지가 좋겠어. 이름하여 '화이트 챌린지'! 블랙 챌린지에 반대한다는 의미를 담고 있지."

"화이트 챌린지? 블랙과 화이트의 대결인가?"

이다가 눈을 반짝이며 말하자 지동이 곧바로 반응했다.

아직 달빛 선호의 사과 영상을 보지 못한 아이들이나 평소 블랙을 지지하는 아이들은 블랙 챌린지 영상을 꾸준히 올리고 있었다.

특히 블랙을 지지하는 아이들 대부분은 블랙 팬클럽에 가입되어 있었는데, 그들은 이미 블랙 챌린지에 가장 먼저 성공한 도전자가 있다는 걸 알면서도 혼자라도 끝까지 완주하겠다는 의지를 보였다. 그 아이들의 영상을 보고 괜히 멋모르고 따라 하는 아이들까지 생겨났다.

달빛 선호와 221 비밀 수사대 대원들 그리고 시우까지 모두 머리를 모았다. 그리고 화이트 챌린지를 어떤 단계로 구성할지 결정했다.

달빛 선호는 이다의 발목 부상 이후 진심으로 뉘우치고 있었고, 무엇이든 돕고 싶어 했다.

화이트 챌린지는 3단계였고, 내용은 블랙 챌린지와 정반대였다. 블랙과의 챌린지 대결과도 같았다.

〈도전! 화이트 챌린지〉

1단계 쓱싹쓱싹 챌린지
공공장소에 자신이 한 낙서는 스스로 지운다.

2단계 제자리 챌린지
가져온 공공 물품을 제자리에 갖다 놓는다.

3단계 도와주기 챌린지
길에서 도움의 손길이 필요한 사람이 있다면 나서서 도와준다.

"우리가 정했지만 내용 좋은데? 화이트 챌린지를 하나씩 성공해 나가다 보면 자신이 뭘 잘못했는지도 알게 될 거야."

한새가 만족스러워했다.

221 비밀 수사대는 화이트 챌린지를 앞장서서 홍보하고, 퍼뜨리기로 했다. 이다는 선한 마음은 나눌수록 커지고, 가치 있는 일이란 걸 사람들이 깨닫게 된다면 분명 블랙 챌린지를 이길 수 있을 거라 믿었다.

"그런데 우리도 화이트 챌린지를 완수한 사람에게 무슨 선물이라도 줘야 하지 않을까? 블랙 챌린지는 블랙을 만나는 게 선물인데, 우리도 뭔가 있어야 할 것 같아. 그래야 더 많은 애들이 관심을 가질 것 같아."

이다 말에 지동이 곧바로 반응했다.

"이 슈퍼 지동 님의 사인이 담긴 사진은 어때?"

"야!"

221 비밀 수사대의 세 아이는 눈을 치켜뜨며 동시에 소리쳤다. 하지만 단 한 사람, 시우만은 웃음을 터뜨렸다.

"지동아, 넌 정말 알수록 재미있는 아이 같아."

"재미있다니? 야, 김시우! 난 나름대로 진지하게 한 말인데 넌 설마 농담으로 들은 거야? 슈퍼 지동 님은 정말 진심으로 말한 거라고!"

시우는 오시우라는 이름을 버리고 원래의 김시우로 돌아가기로 했다. 표 소장과 유 비서가 입양 취소 절차를 도와주고 있었다.

"진심이니까 더 웃기지. 난 슈퍼 지동이란 별명도 마음에 드는걸."

시우가 지동의 편을 들자 지동이 얼른 시우 곁에 가서 찰싹 붙었다. 지동은 이미 시우를 용서하고 친구로 받아들이고 있었다.

"슈퍼 지동은 무슨. 곰지동이지! 시우 넌, 처음부터 뭔가 마음에 안 들었어. 나랑은 정말 안 맞는다니까."

옆에 있던 한새가 투덜거렸다. 이제는 지동뿐 아니라 시우까지 상대해야 한다며 불만이 가득한 얼굴이었다. 그때 옥신각신하는 세 남자아이를 보고 있던 달빛 선호가 조심스럽게 끼어들었다.

"내가 생각해 봤는데 말이야……."

"그래, 달빛 선호는 우리보다 이쪽으로 전문가니까 이야기를 좀 들어 보자."

아이들은 하던 대화를 멈추고, 전부 달빛 선호 쪽으로 고개를 돌렸다.

"보통 어떤 선물 같은 것을 바라고 챌린지 영상을 올리는 게 아니야. 그걸 따라 했을 때 자신이 얼마나 인기를 선도하는 것처럼 보이느냐가 가장 중요한 거지."

"선도? 인기를 선도한다는 게 뭐야?"

지동이 머리를 긁적거렸다.

"음, 그러니까 지금 선호 말은 챌린지 영상을 따라 올리는 애들은 트렌드 세터가 되고 싶어 한다는 말이야."

"트렌드 뭐? 으악, 그건 또 무슨 말이야!"

시우가 추가로 설명해 주었지만, 지동은 머리를 더 세게 긁더니 마구 휘저어 더벅머리로 만들어 버렸다.

"푸하하하."

또다시 시우 혼자 즐거워했다. 이다는 달빛 선호의 말이 일리가 있다고 생각했다. 블랙 챌린지 역시 너도나도 도전하다 보니 누구보다 먼저 유행에 앞서 나가고 싶다는 마음이 아이들의 판단을 흐리게 만든 사건이었다.

"그럼 어떻게 해야 화이트 챌린지 영상을 올린 사람이 유행에 더 앞서 나가는 것처럼 보일까? 우리가 영상을 아주 멋있게 찍어서 따라 하고 싶게 만들어야 할까?"

이다의 말에 달빛 선호는 고개를 저었다.

"유명인이 찍어서 올리는 게 가장 효과가 좋아. 그 유명인이 다른 모든 면에서도 애들이 따라 하고 싶어 하는 인물이면 더 좋고. 패션이나 문화를 만들어 가는 사람 말이야."

"그게 너 아니었어? 우리 달빛 초등학교에서 가장 유명한 사람이 바로 너잖아. 헤헤."

지동이 말했지만 순간 이다 머릿속에는 다른 인물이 떠올랐다. 이다가 알고 있는 사람 중에 달빛 선호의 설명과 딱 들어맞는 사람이 분명 존재했다.

"우리 그런 사람을 알고 있잖아. 얼마 전에 실제로 만난 적도 있고 말이야."

"누구? 하이다 너?"

"나, 난 알겠다."

지동은 몰랐지만 사과토끼는 알아챘다. 재빨리 노트북으로 그 사람의 SNS를 검색하여 아이들에게 화면을 보여 주었다. 어딘가 익숙한 SNS였다.

"루미미!"

놀란 지동이 소리쳤다. 사실 지동 빼고는 이미 모두 눈치채고 있었다.

"하지만 루미미가 과연 우리를 도와줄까? 지난번에 루미미가 꾸민 자작극이라는 것을 밝힌 일 때문에 우리를 별로 안 좋아할 것 같아서."

이다 말에 달빛 선호가 주춤주춤 손을 들었다.

"지난번에 내가 루미미 님 신곡 챌린지 영상을 올렸었거든. 근데 그때 루미미 님이 인상 깊었다고 댓글을 달아 줬어. 그래서 내가 다시 감사의 영상을 찍어 올렸는데, 오늘 그 영상에 댓글이 달렸어."

"뭐?"

깜짝 놀란 아이들은 서둘러 휴대폰을 꺼내 달빛 선호가 말한 화면으로 들어갔다. 달빛 선호의 말대로 루미미의 댓글이 정말 달려 있었다.

루미미
감사는 무슨! 오히려 달빛 선호 덕분에 내 신곡 챌린지가
더 널리 퍼졌는걸. 루미미가 언젠가 꼭 이 은혜 갚을게!

루미미 댓글에는 벌써 수많은 대댓글이 달려 있었다. 진짜 루미미라며 놀라는 아이들이 대부분이었다.

"우아, 진짜 루미미다! 완전 감동!"

지동은 루미미 납치 자작극 사건 때 잠시 탈퇴했던 루미미 팬클럽에 다시 가입한다고 난리였다.

"말은 그렇게 했지만, 루미미가 당장 도와줄 수 있을까? 미리 정해진 스케줄도 많을 텐데."

한새는 회의적인 입장이었다. 한시가 급한 마당에 현실적으로 루미미를 섭외하는 것은 어려운 일이었다. 모두 걱정하고 있을 때 가만히 지켜보던 시우가 입을 열었다.

"나도 도울게. 사실 나 루미미 누나랑 친하거든. 그리고 루미미 누나가 직접 선호 영상에 댓글로 은혜 갚겠다는 약속을 하기도 했잖아."

"뭐? 네가 우리 루미미 누나랑? 김시우! 우리 친구인 거 맞지? 앞으로 더 친하게 지내자!"

지동이 서둘러 시우 곁에 찰싹 붙었다. 사실 시우가 루미미와 친분이 있을 거라는 것을 이다와 한새는 어느 정도 짐작하고 있었다. 루미미 사건 때 루미미와 도로시 SNS에 등장했고, 파티 룸에서 루미미가 블랙과 통화할 때 루미미 옆에서 영상을 찍던 인물. 그리고 루미미에게 블랙을 소개했을 만한 인물은 바로 시우뿐이었다.

"너희는 알고 있었지? 맞아. 너희의 예상대로 그때 블랙에게 루미미를 소개한 사람이 나였어. 블랙을 아는 사람이 거의 없을 때, 난 블랙을 사람들에게 알리기 위해 의도적으로 루미미에게 접근했거든. 왜냐하면 애들에게 가장 영향력 있는 인물이 루미미였으니까."

"그럼, 한 달 연습생으로 있었다던 회사가……."

"맞아. 하트하트 엔터테인먼트 연습생이었어."

"우아. 이 녀석, 진짜 대박이잖아! 한새에게는 미안하지만 오늘부터 내 단짝은 시우 너야!"

지동이 시우 곁에 더 찰싹 달라붙었다. 한새는 왜 지동이 자기에게 미안해하는 거냐고 어이없어했다.

얼마 뒤, 화이트 챌린지로 달빛 선호와 루미미의 콜라보가 확정되었다. 두 사람이 함께 영상을 찍어 올리기로 한 것이다. 초등학생 유명 숏폼 크리에이터와 아이돌 스타의 만남은 화제가 되기에 충분했다.

"짧은 노래도 함께 넣으면 좋을 거 같아! 노래는 루미미가 준비할게."

루미미는 회사 인력까지 총동원하여 그럴듯한 세트장까지 마련했다. 루미미가 이렇게까지 하는 것은 달빛 선호와의 약속도 있었지만 누군가의 꾸준한 노력 덕분이었다. 바로 표 소장 때문이었다.

시우는 루미미를 설득하기 위해 자신이 뒤늦게 깨달은 것들을 솔직하게 말했다. 특히 그때의 납치 자작극 사건이 얼마나 잘못된 일이었는지 이제야 알게 되었다고 말이다. 그런데 루미미가 뜻밖의 말을 꺼냈다.

"사실 루미미도 이제 다 알아. 전에는 루미미를 좋아해 주는 팬들이 많으니 팬들을 조금 속여도 된다고 생각했어. 그런데 표 소장님이 그건 팬들을 무시하는 거래. 루미미가 이렇게 인기 많은 것은 다 팬들 덕분인 건데. 그동안 너무 루미미만 생각했어. 히이잉."

"누나, 표 소장님과 쭉 연락하고 있었어?"

"응. 표 소장님이 꾸준히 이메일을 보내 줬어. 처음에는 이 아저씨가 왜 이렇게 귀찮게 하나 싶었는데, 메일을 계속 읽다 보니 서서히 루미미의 마음이 치료되는 것을 느꼈어. 그래서 그 뒤로 답장도 보내기 시작한 거야. 루미미는 앞으로 팬들에게 잘하려고! 달빛 선호처럼 챌린지를 함께해 주는 팬들도 진짜 고마워. 이제 은혜 갚는 루미미가 될 거야!"

루미미의 생각이 달라진 이유가 표 소장 덕분이라니. 아이들은 모두 놀랐다. 그동안 그런 내색 하나 없던 표 소장은 알고 보니 루미미는 물론이고, 그동안 블랙에 의해 자신도 모르게 범죄의 가해자가 된 아이들과도 꾸준히 소통을 하고 있었다. 아무 말도 하지 않은 채 자신을 보려고도 하지 않았던 시우를 꾸준히 찾아간 것처럼.

시우는 세상에는 블랙 같은 어른만 있는 것이 아니라는 것을 깨달았다. 표 소장처럼 아이들을 진정으로 생각하는 어른도 있었던 것이다.

1단계 쓱싹쓱싹 챌린지는 공공장소에 자신이 한 낙서를 모두 지우는 것이다.

'쓱싹쓱싹 지워 줄게. 낙서는 정말 싫어. 모두 위해 지워 줄게!'

물걸레를 든 루미미가 놀이터 미끄럼틀에 있는 낙서를 하나씩 지운다. 그런데 다 지우고 뒤를 보니 낙서가 다시 생겼다. 알고 보니 달빛 선호가 루미미 뒤를 따라다니며 낙서를 하고 있었던 것이다. 결국 달빛 선호는 루미미에게 걸려 혼이 나고 낙서를 지우기 시작한다.

2단계 제자리 챌린지는 몰래 가져온 공공 물품을 다시 제자리에 갖다 놓는 것이다.

'가져간 건 돌려줘요. 우리 모두 함께 써요. 필요할 때 나눠 써요!'

화장실에서 화장지가 없어서 난감해하는 달빛 선호. 루미미가 장난으로 가지고 갔던 화장지를 선호에게 돌려준다. 무사히 화장실에서 나온 달빛 선호가 행복한 표정을 짓는다.

3단계 도와주기 챌린지는 길에서 도움의 손길이 필요한 사람을 도와주는 것이다.

'엉덩방아 안 돼, 안 돼. 조심조심 해야 해요. 우리 모두 도와 줘요!'

할머니 가발을 쓴 달빛 선호가 길에서 미끄러져 넘어질 뻔하자 루미미가 쏜살같이 나타나 도와준다.

노래와 스토리까지 있는 코믹한 숏폼 영상이었다.

"루미미 누나 고마워."

"아니야, 나야말로 시우랑 달빛 선호를 도와줄 수 있어서 정말 기뻐. 게다가 루미미가 좋은 일에 앞장서고 있다는 것이 꿈만 같아."

루미미는 당장 영상을 자기 SNS에 업로드를 했다. 당연히 반응은 뜨거웠다.

예상대로 루미미를 추종하는 수많은 팬들이 달빛 선호×루미미의 화이트 챌린지를 따라했다. 아이들이 너도나도 화이트 챌린지 영상을 찍어 올리기 시작한 것이다. 영상 배경 음악도 루미미가 올린 챌린지 송을 따라 했다. 그야말로 새로운 유행이 탄생하는 순간이었다.

이제는 블랙 챌린지를 올리는 아이들이 이상하게 보일 정도였다. 그리고 누가 먼저 시작했는지는 몰라도 길거리에 떨어진 블랙 챌린지 전단지를 찾아 쓰레기통에 넣는 영상들도 올라왔다. 대부분 블랙 챌린지 영상을 올렸던 아이들이었다.

뒤늦게 자신의 잘못을 뉘우친 아이들이 자신의 잘못을 반성하는 의미로 전단지를 찾아 없애고 있는 것이었다. 이렇게 달빛 선호×루미미의 화이트 챌린지 덕분에 블랙 챌린지는 완전히 사라졌다.

블랙과의 만남

"네가 달빛 선호니?"

학교를 마치고 나오던 달빛 선호 앞에 검은 정장을 입은 낯선 남자가 나타났다. 남자는 4, 50대 정도로 되어 보였고 얼굴은 지극히 평범했다. 달빛 선호는 자신을 본명이 아닌 별명으로 부르는 그 남자에게서 불길한 기운을 느꼈다. 마치 초식 동물을 노리는 육식 동물의 눈빛을 지니고 있었다.

"맞는데요? 그런데 누구세요?"

"글쎄. 누굴까?"

남자는 살짝 웃었다.

"누구신데요?"

"네가 불러서 온 사람?"

이제야 달빛 선호는 눈앞에 있는 사람이 누군지 깨달았다. 순간 온몸에 소름이 돋았다. 그리고 얼어붙은 듯 몸이 뻣뻣하게 굳어 버렸다.

이런 상황이 언제든 올 수 있다는 것을 표 소장이 몇 번이나 말해 주었다. 하지만 막상 이런 일이 실제로 닥치니 어떻게 대처하라고 했는지 하나도 기억나지 않았다.

"우리 함께 영상을 찍어야지."

블랙은 명함을 내밀었다. 검은색 명함 뒤에는 시간과 장소가 적혀 있었다.

"영상이요……?"

"그래. 네가 블랙 챌린지 우승자인 만큼 특별한 기회를 주려는 거란다. 지금까지 아무도 블랙과 영상을 찍은 사람은 없지. 네가 유일무이한 사람이 되는 거야. 어때? 생각만 해도 재미있지? 대신 다른 사람에게는 절대 말하면 안 돼. 다른 사람이 알면 이 약속은 무효가 되는 거야. 블랙 챌린지 우승자, 현명한 선택을 하기 바란다."

블랙은 달빛 선호의 대답을 듣지도 않고 뒤돌아 성큼성큼 가 버렸다. 달빛 선호는 블랙이 찾아오면 저장된 단축 번호로 연락하라던 표 소장의 말이 뒤늦게 떠올랐다.

하지만 이미 블랙은 달빛 선호의 시야에서 사라지고 말았다.

"와, 진짜 블랙이었어."

달빛 선호는 다리에 힘이 풀려 주저앉고 말았다. 달빛 선호는 블랙이 진한 향수를 뿌린다고 했던 지동의 말이 떠올랐다. 이미 한참 전에 사라진 자리에서도 블랙의 향수 냄새가 진동을 하고 있었다.

명함에 적힌 날짜와 시간에 맞춰 달빛 선호는 버스를 타고 약속 장소로 향했다. 중간에 버스를 한 번 갈아타야 했지만 그렇게 먼 거리는 아니었다. 버스에 앉은 달빛 선호는 준비해 온 카메라와 휴대폰을 손에 꼭 쥐었다.

블랙과 찍은 영상을 올리면 루미미와 함께 찍은 영상보다 조회 수가 훨씬 높을 것이다. 블랙의 말대로 지금까지 아무도 블랙과 영상을 찍은 사람은 없었으니까. 아이들은 블랙의 얼굴이 궁금해서라도 영상을 재생할 게 뻔했다.

달빛 선호는 무슨 영상을 어떤 식으로 찍자고 해야 할지 고민했다. 고민하는 사이 갈아탄 버스가 마침내 목적지에 도착했다. 내린 곳에서 조금만 걸어가면 폐공장이 있었는데, 그곳이 블랙이 제시한 약속 장소였다.

"괜찮겠지?"

달빛 선호는 애써 마음을 다잡으며 터덜터덜 걸어갔다. 하지만 폐공장에 가까이 다가갈수록 심장이 쿵쾅거리는 건 어쩔 수 없었다.

마침내 폐공장 입구에 서자 두려운 마음이 커져 집으로 돌아가고 싶은 마음까지 들었다.

"하……."

잠시 문 앞에 서서 숨을 고른 달빛 선호는 자신이 해야 할 일을 다시 한번 떠올린 뒤, 문을 벌컥 열었다.

공장 안은 달빛 선호가 생각했던 것보다 훨씬 넓었다. 다행히 아직 전기가 들어오는지 불이 켜져 있었다. 하지만 간혹 쌓여 있는 상자 더미가 보였을 뿐 공장이었을 때 썼을 법한 기계 같은 건 전혀 없었다.

달빛 선호는 혹시나 무슨 일이 생겼을 때를 대비해 주변에 무엇이 있는지 살폈다. 버려진 상자를 쌓아 둔 것뿐 특별한 것은 없었다. 출입구는 지금 열고 들어온 문, 한 곳뿐이었다. 달빛 선호가 블랙을 불렀다.

"저…… 저 왔어요. 안 계세요?"

달빛 선호는 블랙이 쌓아 둔 상자 뒤에 숨어 있을까 싶어 카메라와 휴대폰을 머리 위로 들어 올렸다.

"이것만 가져왔어요! 저, 저 혼자 왔다고요!"

순간 공장의 불이 불안하게 떨리더니 이내 꺼져 버렸다. 공장 안은 창문이 없는 탓에 불이 꺼지자 온통 깜깜했다.

놀란 달빛 선호가 눈을 감고 소리를 지르자 다행히 불이 다시 들어왔다. 눈을 떴을 때 눈앞에 우뚝 서 있는 사람이 보였다. 블랙이었다.

"잘 왔다."

"갑자기 어디서……."

분명 달빛 선호가 문 바로 앞에 서 있었지만 문이 열리는 기척 같은 건 느껴지지 않았다. 다시 말해 블랙이 이곳에 먼저 와 있었던 것인데, 달빛 선호는 전혀 눈치채지 못했다.

"보이는 게 전부는 아니라고 말해 주고 싶구나."

"마…… 마술 같아요."

달빛 선호는 억지로 웃으며 두려운 마음을 감추려고 했다. 하지만 블랙이 쓱 다가왔을 때는 더 참지 못하고 비명을 지르고 말았다. 향기로운 향수 냄새가 공포스러울 수도 있다는 것을 처음 알았다.

"뭔가 이상한데? 블랙 챌린지를 그렇게 열심히 해서 드디어 나를 만나게 됐는데 왜 이렇게 겁을 먹지? 게다가 나와 영상 찍고 싶어서 여기까지 와 놓고? 그런 마음가짐으로 어떻게 여기까지 온 거지?"

"아, 아니에요. 빨리 영상이나 찍어요."

달빛 선호는 눈을 질끈 감았다. 하지만 블랙은 역시나 만만치 않은 상대였다.

"고요동에서 이곳까지 오려면 버스를 한 번 갈아타야 하지. 멋모르고 집을 나섰다고 해도 두 번째 버스를 기다리면서 마음을 바꿔 먹고 충분히 되돌아갈 수 있었어. 그런데 넌 왜 그러지 않았지?"

"아저씨를 만나야 하니까요."

블랙은 다시 달빛 선호 가까이 다가왔다. 그리고 귀에 대고 속삭였다.

"지금 널 지켜 주는 사람들이 여기 있어서 덜 무섭니? 아니야. 그 사람들을 믿지 마. 그들은 날 잡기 위해서 네가 다치는 것도 감수할 거야. 지금 당장 내가 너에게 해를 가한다 해도 그들은 널 구하지 않아."

블랙은 다른 사람을 조종하는 데 능수능란했다. 특히 상대가 이렇게 연약하고 마음 여린 평범한 초등학생이라면 더욱 쉬웠다. 당연히 곧 달빛 선호가 울면서 자신에게 굴복할 것이라 생각했다. 그런데 뜻밖에도 달빛 선호는 블랙을 똑바로 쏘아보았다. 떨리던 손과 목소리도 오히려 진정되었다.

"이다 말이 맞았어요."

"그게 무슨 말이지?"

"제가 여기 오기 전에 이다가 가르쳐 줬거든요. 아저씨가 분명 그렇게 말할 거라고. 정말 이다가 말한 그대로 상황이 펼쳐지니까 이젠 더 이상 무섭지 않아요. 왜냐하면 이다음 상황도 이다 말처럼 될 테니까요."

"그…… 그게 무슨!"

달빛 선호가 자신의 생각을 또박또박 말하자 블랙의 얼굴이 얼어붙었다. 그리고 이제 고작 초등학교 5학년인 이다가 자신의 마음을 읽었다는 것을 믿을 수가 없었다. 블랙은 그 나이 때 그런 재능이 없었다.

"움직이지 마!"

그 순간 기다리던 신 형사의 목소리가 들려왔다. 신 형사의 외침에 달빛 선호는 재빨리 뒤로 빠졌다. 이다는 달빛 선호에게 몇 번이고 일러 주었다. 블랙은 분명 경찰이 올 경우를 대비해서 달빛 선호 가까이 붙어 있을 거라고. 인질이 될 가능성이 있으니 기회가 생기면 무조건 멀리 떨어지라고.

밖에서 미리 대기하고 있던 경찰들이 몇 미터 거리를 두고 블랙을 둘러쌌다. 그리고 혹시 블랙이 도망갈 것을 우려해 출입문도 막아섰다.

그 시각, 시우는 공장 뒤쪽으로 걸어가고 있었다. 사실 시우는 달빛 선호가 버스를 기다리던 때에도, 버스를 타고 이동할 때에

도 계속 함께 움직이고 있었다. 달빛 선호를 위해 기꺼이 동행한 것이다. 버스를 타고 가면서 시우는 자신의 결정이 옳다는 것을 확신했다.

병원에서 시우는 블랙을 원망하면서 혼자 어떻게 복수할지 내내 고민했다. 무슨 방법을 써서라도 블랙에게 복수하고 싶었다. 하지만 이다에게서 221 비밀 수사대 대원들에 대한 이야기를 들으면서 자연스레 그런 마음이 사라졌다.

그동안 블랙은 시우에게 221 비밀 수사대와 표 소장은 '정의'라는 단어에 도취되어 영웅놀이를 하고 있을 뿐이라고 말했다. 그들은 잘못되었으며 자신들의 정의에 우월감을 느끼기 위해 보통 사람들을 깔본다고 했다. 하지만 시우가 실제로 본 그들의 모습은 달랐다. 그들은 그저 평범한 사람들이었다.

시우는 그들처럼 되고 싶어졌다. 이다가 말해 준 지동의 이야기는 얼핏 보면 흔한 에피소드처럼 보였지만, 사실 그 이야기 속에는 이다가 지동을 얼마나 좋아하고, 든든하게 생각하는지 들어 있었다.

시우도 그 속에 들어가 그 아이들과 평범하게 어울리는 친구가 되고 싶었다. 블랙을 만나지 않고 살았더라면 어쩌면 그럴 수도 있었을 것이다.

시우가 잘못된 행동을 하게 만든 것은 블랙이었다. 이 모든 것이 블랙의 계획이라는 것을 깨닫자 시우는 모든 것이 명확해졌다. 블랙에 대해 가장 잘 아는 사람은 자신이고, 잘못을 바로잡을 사람도 자신이라는 것을.

"분명히 또 다른 문이 있을 거야."

신 형사는 이 폐공장의 출입구가 하나라고 했다. 하지만 그런 장소를 약속 장소로 정할 블랙이 아니었다. 블랙은 허술하지 않았다. 만일의 가능성도 모두 염두에 두었을 것이다.

공장 뒤쪽에는 산이 있었다. 이미 해가 지고 있어서 산길 쪽은 잘 보이지 않았다. 일부러 약속 시간도 해가 질 시간 즈음으로 정했을 것이다. 퇴로가 어두워야 도망치는 데 용이하고 시간을 벌 수 있을 테니까. 이 모든 것들은 예전에 블랙이 가르쳐 준 것이었다.

시우는 그동안 블랙이 가르쳐 준 것들을 하나하나 다시 떠올리며 빠뜨린 것이 있는지 확인해 보았다. 그 순간 블랙이 이곳을 사전 답사 했을 거라는 확신이 들었다. 시우는 흔적을 찾기 위해 주변을 샅샅이 뒤졌다.

"찾았다."

발자국이 있었다. 찍힌 지 얼마 안 된 것처럼 매우 선명했다.

폐공장 주변은 평소 사람들이 드나드는 곳이 아니어서 이 발자국은 블랙의 것이 분명했다. 발자국을 따라가다 보니 놀랍게도 발자국이 끊어진 지점과 공장 한쪽이 맞닿아 있었다. 마치 그곳에 또 다른 출입구라도 있는 것처럼. 하지만 얼핏 봐서는 그냥 벽으로 보였다. 시우는 그곳을 자세히 들여다보았다.

역시 시우의 예상대로 숨겨진 문이 있었다. 바깥에서는 열 수 없고 안에서만 열리는 듯했다. 블랙은 어떻게 해서든 경찰들을 따돌리고 이 문으로 도망칠 것이다.

신 형사에게 알리기 위해 전화를 걸었지만 받지 않았다. 하릴없이 시우는 내달리기 시작했다. 블랙이 그 문으로 도망치는 것을 막아야 했다.

숨을 헐떡이며 공장 안으로 들어섰을 때, 경찰에게 둘러싸인 블랙이 보였다. 블랙은 웃고 있었다.

"잘 왔다, 내 아들. 이제 날 좀 도와주렴. 그동안 네 잘못을 뉘우친 척 사람들을 속이는 것은 어렵지 않았니?"

블랙이 말했다. 뻔한 속셈이었지만 시우는 신 형사가 블랙의 말에 속을까 봐 급하게 소리쳤다.

"무슨 소리를 하는 거야! 신 형사님, 저 사람 말은 절대로 믿지 마세요!"

"오시우, 내 아들. 정말 자랑스럽구나. 완벽한 연기야."

"나, 날 오시우라고 부르지 마! 난 김시우야!"

시우가 흥분해서 소리쳤다. 그때 표 소장이 들어왔다. 표 소장은 흥분한 시우의 손을 잡아 주었다. 단지 손만 잡았을 뿐인데 시우는 표 소장이 자신을 믿고 진심으로 위한다는 것을 분명히 느낄 수 있었다.

"너, 너는 왜 왔어?"

"오병렬. 다 끝났다. 그동안 네가 전 세계를 돌며 저질렀던 범죄들의 증거를 모두 모았어. 인터폴에서도 너를 찾고 있다. 시우를 괴롭히는 비겁한 짓은 이제 그만해."

표 소장 말에 블랙은 고개를 푹 숙였다.

"어릴 때부터 넌 그랬지. 친구라면서 나를 단 한 번도 믿어 준 적이 없어. 진짜 친구였다면 내가 무슨 짓을 하더라도 나를 따라 줬을 텐데 말이야. 안 그래? 넌 늘 정의를 따지면서 잘난 척하기에 바빴지."

"친구니까 이러는 거야! 이제라도 죗값을 치르고 뉘우칠 기회를 주는 거라고!"

표 소장이 안타까운 마음에 외쳤다. 하지만 고개를 든 블랙은 알 수 없는 웃음을 지었다.

"지금 네가 한 말, 후회하게 해 주지."

블랙이 말을 끝마치자마자 공장 안의 불이 꺼졌다.

"뭐야? 손전등!"

"손전등 켜!"

경찰들은 당황했지만 다행히 불은 금세 들어왔다. 단 5초 정도의 짧은 어둠이었다. 그러나 다시 환해진 공장 안에는 블랙이 보이지 않았다.

"어…… 어떻게 된 거지?"

경찰이 둘러싸고 있어서 그 틈을 빠져나가는 건 결코 쉬운 일이 아니었다. 하지만 블랙은 감쪽같이 사라졌다. 순간적으로 벌어진 일이었다.

시우는 블랙이 조금 전 보았던 숨겨진 문을 통해 빠져나갔을 거라는 걸 알고 있었다. 하지만 블랙을 잡기에는 이미 늦어 버렸다.

'아들아, 사람들은 보이는 것만 믿으려고 한단다. 그들이 그걸 보는 사이에 그들의 눈을 속이렴.'

언젠가 블랙이 했던 말이 떠올랐다. 블랙은 보란 듯이 경찰 모두의 눈을 속이기 위해 이 일을 처음부터 철저히 계획하고 실행했을 것이다. 하지만 이런 일을 벌여서 도대체 블랙은 무엇을 얻으려는 걸까?

시우는 이런저런 복잡한 생각에 머리가 터질 것만 같았다. 빨리 돌아가 이다와 이야기를 나누고 싶었다.

실종

그날 이후 블랙은 감쪽같이 사라졌다. 이제 어디에서도 블랙의 흔적은 찾을 수 없었다.

모두 아무 일도 없었던 듯 빠르게 일상을 찾아갔다. 더 이상 어린이를 상대로 한 범죄가 일어나지 않았다. 그 덕분에 221 비밀 사무소는 아이들의 아지트가 되어 버렸다.

지동은 새로 찾은 취미인 블록 조립을 위해 날마다 사무소로 택배를 시켰다. 한새는 식물을 대상으로 한 실험 연구를 시작해 틈만 나면 식물원을 드나들었다. 사과토끼는 만들고 있던 범죄자 탐색 프로그램을 드디어 완성했다. 모두에게 평화로운 겨울 방학이었다.

어느새 추운 겨울이 지나가고 봄이 오기 시작했다. 아이들은 6학년이 되었다. 이다와 한새는 올해는 같은 반이 되지 않았다.

그러나 이다와 지우는 같은 반이 되었다.

"이다야, 이다야! 오늘도 221 비밀 사무소에 가?"

개학 후 지우는 날마다 이다와 시간을 보냈다. 아직 걷는 것이 불편한 이다를 위해 책가방을 이다가 가는 곳까지 들어다 주었기 때문이다. 그러다 보니 자연스럽게 이다가 221 비밀 사무소에 가는 날이면 지우도 함께 따라갔다.

221 비밀 사무소에는 언제나 사과토끼와 시우가 먼저 와 있었다. 시우도 사과토끼처럼 홈스쿨링을 시작했다. 그래서 둘은 함께 공부를 하거나 박물관이나 미술관 등을 견학하며 시간을 보냈다.

"넌 학원도 안 가냐?"

시우가 지우를 보고 물었다. 지우는 혀를 날름 내밀었다. 날마다 보다 보니 시우와 지우도 제법 친해졌다. 예전 고요오일 모임에 대한 이야기는 둘 다 꺼내지 않았다. 그 일을 서로 까맣게 잊을 만큼 관계가 변해 있었다.

"남이 학원을 가든 말든. 너야말로 221 비밀 수사대도 아니면서 왜 만날 여기 있는 건데?"

"오늘은 표 소장님이 연극도 보여 주고, 밥도 사 주신다고 해서 기다리는 중이거든!"

"나도거든!"

지우가 소리쳤다.

지우와 시우 둘이 티격태격하는 사이가 될 줄은 이다도 전혀 예상 못한 일이었다. 이다는 언제나 사람을 보고 분석하여 그 사람이 어떤 행동을 할지 예상해 보곤 했었다. 하지만 인간이란 기계처럼 어떤 규칙에 딱 들어맞는 존재가 아니어서 아직 어렵기만 했다.

지동과 한새까지 모이자, 아이들은 모두 지하철을 타기 위해 지하철역으로 갔다. 연극 공연장은 지하철을 타고 몇 정거장 가야 했다. 아이들은 오랜만의 외출에 기분이 좋아 보였다. 이렇게 모두가 한자리에 모인 것은 처음이었기 때문에 더욱 들떠 있었다.

하지만 이다는 어쩐지 불안한 마음을 감출 수가 없었다. 블랙은 잡힌 게 아니라 스스로 사라진 거니까.

아마도 블랙과의 전쟁이 끝났다고 착각하는 것은 아닐까? 가끔 다른 아이들은 잊고 있는 것 같았다.

"야, 곰지동. 너 왜 이렇게 많이 먹어!"

"야, 정한새. 내가 뭘 얼마나 많이 먹었다고 그래? 먹는 걸로 치사하게."

연극을 보고 나서 중국집에 간 지동과 한새는 같이 먹는 쟁반 짜장을 두고 옥신각신했다. 언제나 있는 일이니 다들 별일 아니라는 듯 웃으며 보고 있었지만, 시우는 어딘가 불편한 기색이 역력했다.

"시우야, 왜 그래?"

"뭔가 불공평하다는 생각이 들어서. 지동이는 곰지동이라고 부르면서 한새는 왜 별명으로 안 불러? 이다 너도 이상하지 않아?"

"그러고 보니 그런 것 같기도……."

이다가 말하자 한새가 버럭 화를 냈다.

"이상하긴 뭐가 이상해. 별명이 없으니까 그렇지."

"이참에 내가 하나 지어 줄까? 음, 이름이 정한새니까 참새 어때?"

시우는 진지하게 말했지만 유치하기 짝이 없는 별명에 모두 표정이 굳고 말았다. 한새는 누구 마음대로 자기 별명을 짓냐며 버럭 화를 냈다. 시우와 한새의 일촉즉발 상황으로 아이들은 두 아이를 진정시키느라 바빴다. 식당 안은 아수라장 같았다. 따로 분리된 공간이 아니었다면 너무 시끄럽다고 쫓겨났을 것이었다.

"말도 안 돼. 탕수육 아직 먹어 보지도 못했는데, 너희가 싸우는 바람에 밥풀 다 들어갔어."

이번에는 지동이 울음을 터뜨렸다. 그 모습을 보고 모두 와하하 웃고 말았다. 표 소장은 지동을 위해 탕수육을 하나 더 시켰다.

"맛있게 드세요."

마침내 직원이 탕수육을 가져다줬다. 그 순간 지동이 코를 킁킁거렸다.

"으구, 곰지동. 탕수육 냄새가 그렇게 향기롭냐?"

"아니. 그게 아니라…… 무슨 향기가…….."

"뭐? 무슨 향기?"

"그때 그 향기 같은데. 설마…… 내가 잘못 맡은 거겠지? 탕수육이나 먹자!"

지동은 탕수육을 욕심껏 세 개나 집었다. 표 소장이 그걸 보고 미소를 지었다.

"지동아, 다음 주에 전시회 보고 나서 더 맛있는 거 사 줄 테니까 제발 천천히 먹어."

"우아, 다음 주에 더 맛있는 거! 감사합니…… 앗 뜨거워!"

지동이 입에 가득 넣은 탕수육을 뱉어 냈다. 중국집은 다시금 아이들 웃음소리로 가득 찼다.

일주일 뒤, 전시회를 보러 가기 위해 221 비밀 수사대와 지우, 시우가 다시 모였다. 다 함께 움직이기 위해 승합차를 몰고 유 비서도 왔지만 어쩐 일인지 약속 시간이 다 되도록 표 소장은 오지 않았다.

"이상하네. 분명 시간 맞춰 오신다고 다 함께 전시회장으로 이동하자고 하셨는데."

유 비서가 몇 번이나 연락을 해 봤지만 연결되지 않았다. 그렇게 한 시간이 더 지나고 나니 모두 점점 불안해졌다. 무슨 일이 벌어진 것이다. 이다는 그동안 느꼈던 불안감이 현실이 되었음을 느끼고 두려움에 휩싸였다.

사실 블랙은 사라지지 않았다. 오히려 그들 곁에 있었다. 블랙이 바꾼 것은 옷차림뿐이었다. 택배 배달원 조끼를 걸치면 모두 그가 택배 배달원인 줄 알았다.

"윤지동 님, 택배 왔습니다."

"감사합니다!"

택배 배달원이 주는 반가운 택배를 지동은 아무렇지도 않게 받았다. 기다리던 물건이 든 상자만 볼 뿐 배달해 주는 사람의 얼굴은 제대로 확인하지 않았다.

블랙은 때로는 환경미화원으로 때로는 우체부로 때로는 수

리공으로 모습을 자유자재로 바꾸어 고요동 일대를 맴돌고 있었다.

221 비밀 수사대가 탄 지하철에서는 평범한 티셔츠에 점퍼를 걸친 시민이 되기도 했다. 한 걸음쯤 뒤에서 그들을 살펴보며 블랙은 꽤나 재미있어 했다.

연극 공연장 맨 뒷자리에 앉아 블랙은 연극이 아니라 그들의 행동 하나하나를 지켜보았다. 또 중국집에서 표 소장이 추가로 주문하자 순식간에 종업원으로 위장해 탕수육을 지동의 테이블 위에 가져다주었다.

"맛있게 드세요."

세상 어디서나 악과 범죄는 존재한다. 심지어 겉으로 보기에는 아무 일 없이 평화로워 보이기만 했던 221 비밀 수사대 주변까지도 예외는 없었다. 언제나 세심하게 살피지 않으면 그것들은 다시 잡초처럼 자라나기 마련이었다.

이다는 혹시 몰라 챙겨 온 미스터리 파일 보고서를 펼쳐 보았다. 보고서에 나타나는 글자들을 확인한 수사 대원들의 표정이 심각해졌다.

"표 소장님이 위험에 빠진 것 같아."

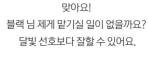

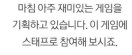

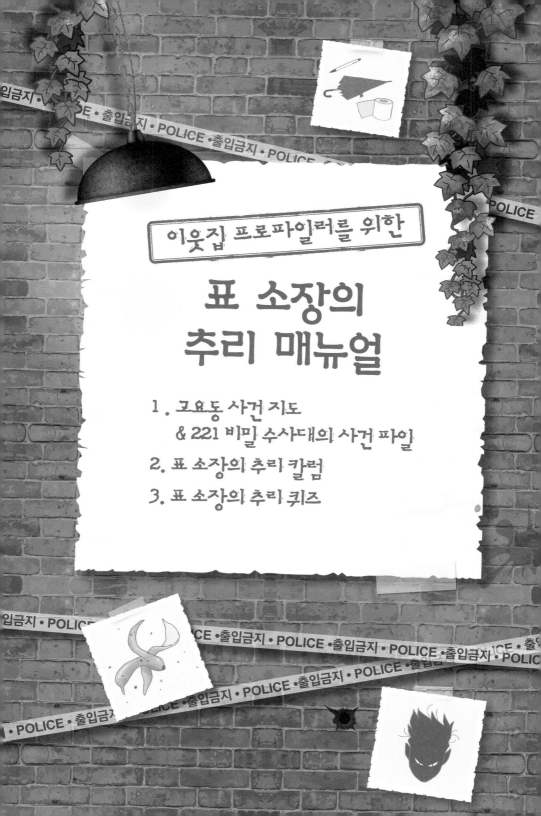

이웃집 프로파일러를 위한

표 소장의
추리 매뉴얼

고요동 사건 지도

블랙의 검은 풍선 사건

폐공장 잠입 수사로
블랙 검거 시도

하이다 발목 골절 사고

221 비밀 수사대의 사건 파일

블랙 챌린지 사건

사건 일시: 202X년 X월 X일, 오후 2시 30분경

사건 내용: 고요동 일대에 떠오른 블랙의 풍선 속에서 블랙 챌린지를 홍보하는 전단지 발견, 블랙 챌린지의 심각한 문제점을 알게 된 221 비밀 수사대는 곧바로 수사에 착수

피해자: 하이다(발목 골절)

용의자: 블랙

수사 과정:

- 블랙 챌린지 4단계까지 제일 먼저 성공한 사람은 블랙을 만나게 된다는 것을 확인

- 블랙 챌린지 2단계까지 성공한 달빛 선호를 만나는 과정에서 하이다가 바나나 껍질을 밟아 넘어지는 사고 발생

- 하이다 발목 골절로 수술 및 입원

- 달빛 선호와 힘을 모아 순식간에 블랙 챌린지 4단계까지 성공, 4단계는 스턴트 배우 출신인 유 비서가 찍음

- 김시우에게 블랙에 대한 자문 및 도움을 받음

- 달빛 선호가 자신이 일등으로 블랙 챌린지 성공했다는 것을 알리고, 블랙 챌린지를 종결시키기 위해 반성 챌린지 시작

- 루미미와 협업하여 달빛 선호×루미미의 화이트 챌린지 시작

- 블랙이 달빛 선호를 찾아와 약속 시간과 장소를 알려 줌

- 약속 장소에 달빛 선호와 시우, 경찰들이 갔으나 블랙은 경찰들의 포위를 뚫고 감쪽같이 사라짐

특이 사항: 하이다가 부상으로 수사에 참여하지 못하자 미스터리 파일 보고서에 글자가 나타나지 않음

표 소장의 추리 칼럼

특집 SNS 챌린지란?

SNS 챌린지의 특징

SNS 챌린지란 사람들이 주어진 규칙이나 미션에 따라 다양한 활동에 도전하는 것을 말한다. 일 반적으로 댄스, 노래, 캠페인 등 다양한 분야에서 진행되는데 특히 사회적인 메시지를 전달하거 나 기부금을 모금하는 등 공익적인 목적으로도 자주 활용되고 있다. 참여자들은 주어진 미션에 맞춰 자신만의 스타일로 영상을 찍어 SNS에 공유하고, 이런 영상은 해시태그인 '#' 기호를 통해 전 세계 사람들에게 빠르게 확산된다. SNS 챌린지의 가장 큰 특징은 사람들과의 소통을 통해 또 다른 사람들의 참여를 유도하며 하나의 트렌드를 형성한다는 것이다. 참여자들은 서로 소속감을 느끼며 연대하기도 한다.

SNS 챌린지의 두 얼굴

SNS 챌린지 중에서 루게릭병에 대한 관심과 이 병을 앓 고 있는 환자들을 위한 모금 캠페인인 '아이스 버킷 챌린 지(Ice Bucket Challenge)'와 공공장소 또는 길거리에 쌓인 쓰레기를 치우는 캠페인인 '트래시태그 챌린지 (Trashtag Challenge)' 등은 사회적으로 긍정적인 영향을 끼쳤다. 하지만 이와 반대로 사람들의 이목을 끌기 위해 자극적이고 위험한 요소가 결합된 챌린지들 도 있다. 가장 대표적인 것이 두 사람이 한 사람의 종아리를 옆에서 동시에 걷어차 넘어지게 하는 '스컬 브레이커 챌린지(Skull breaker Challenge)'이다. 이 챌린지로 인해 다수의 청소년들이 골절상 을 입거나 기절하는 사고가 발생했다. 〈이웃집 프로파일러 하이다의 사건 파일〉 속 달빛 선호가 '엉덩방아 챌린지'를 위해 언덕길에 바나나 껍질을 놓아 이다가 넘어지는 장면을 촬영한 것도 이에 해당된다.

집단의 영향을 받는 동조

동조는 사회적 압박이나 집단의 영향을 받아 개인이 집단이 기대하는 바대로 생각이나 행동을 바꾸는 것을 말한다. 자기는 잘 모르거나 평소 관심도 없던 아이돌의 팬 카페에 주변 친구들이 모두 가입하는 것을 보고 자기도 따라 가입하는 것도 동조에 해당된다. 또래 집단의 영향력이 클수록 이러한 동조는 강력하게 작용한다.

미국 캘리포니아 필딩 대학원의 미디어 심리학 연구 센터 소장, 파멜라 러틀리지 박사는 어린이와 청소년을 중심으로 온라인 챌린지 문화가 확산하는 이유로 '또래 압력'과 '사회 집단에 소속되려는 열망'을 꼽았다. 아이들은 본인만 챌린지에 참여하지 않았을 때 느낄 소외감 등으로 인해 원하지 않을 때에도 친구들을 따라 챌린지를 수행하기도 한다. 〈이웃집 프로파일러 하이다의 사건 파일〉 속 달빛 선호와 여러 아이들은 블랙이 유도한 블랙 챌린지가 위험한 것인 줄 알면서도 집단의 영향을 받아 블랙 챌린지에 참여하는데, 이 모습에서 동조 심리를 찾아볼 수 있다.

동조의 원인과 해결 방안

사람들이 동조를 하는 이유에는 크게 두 가지가 있다. 첫째, 일반적으로 사람들은 다수가 선택한 행동이 옳을 확률이 높다고 생각하기 때문이다. 불확실성을 없애려는 사람들에게 다수의 행동은 가장 간편하고 빠른 해답이 된다.

둘째, 사람들은 영향력 있는 인물이나 집단의 행동에 따르려고 하는 성향이 높기 때문이다. 〈이웃집 프로파일러 하이다의 사건 파일〉 속 하이다는 아이들이 왜 블랙 챌린지에 동조하는지 정확히 간파하여 블랙 챌린지를 무력화시켰다. 인기 크리에이터, 달빛 선호가 공개적으로 사과하는 영상을 올린 뒤, 루미미와 함께 '화이트 챌린지'를 시작한 장면을 보면 쉽게 이해할 수 있을 것이다.

하지만 동조를 무조건 부정적으로 보기는 어렵다. 우리가 누리고 있는 모든 문화와 유행은 이러한 동조 심리를 기반으로 움직이기 때문이다. 단, 무엇이 옳고 그른지에 대한 분별력과 함께 집단의 압박에서도 나 자신을 지키는 자존감은 꼭 필요하다.

PICS 표 소장

오늘의 단 서	Q. 블랙이 갑자기 사라진 이유는 무엇일까?
	1. 시우가 떠났기 때문에　　　2. 또 다른 범죄를 꾸미기 위해

표 소장의 추리 퀴즈

**아직 해결하지 못한 어려운 사건이 너희를 기다리고 있어.
하지만 단서와 증거들을 하나씩 모아 추리해 보면
해답을 찾을 수 있을 거야.**

미제 사건
17

천재 해커의 다잉 메시지

고요 오피스텔 1104호에 거주 중인 천재 해커가
살해당했다는 제보를 받은 신 형사가 사건 현장으로 출동했어.
천재 해커는 오른손에는 인형 가게 사장에게 받은 인형을,
왼손에는 거울 가게 사장에게 받은 거울을 들고 있었어.
같은 오피스텔에 거주하는 용의자 중 범인은 누구일까?

①

1103호
명문 대학 교수

②

1105호
인형 가게 사장

③

1106호
게임 회사 사장

④

1107호
거울 가게 사장

미제 사건
18

납치된 유 비서

221 비밀 수사대 대원들이 납치된 유 비서를 찾기 위해
각각의 장소에서 동시에 출발했어.
아래 화살표에 맞게 길을 따라갔을 때
비밀 수사대 대원 중 유 비서를 찾은 사람은 누구일까?

②
하이다

①
윤지동

★
유 비서

④
정한새

③
사과토끼

| 3→ | 1↓ | 2↓ | 2← | 1→ | 2↑ |

천재 해커의 다잉 메시지

피해자가 오른손에 들고 있던 인형은 영어로 doll이다.
doll을 왼손에 들고 있던 거울에 비추면
반전되어 보이므로 llob가 된다.

따라서 범인은

③번 1106호 게임 회사 사장

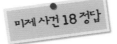

납치된 유 비서

유 비서 위치를 출발 지점으로 하여
뒤에서부터 화살표 반대 방향으로 따라가면 된다.

2↓	1←	2→	2↑	1↑	3←

납치된 유 비서를 찾은 사람은

①번 윤지동

🔒 Yu_secretary ⊞ ☰

8
해결한 사건 수

13
팔로워

14
팔로잉

유 비서
#PICS #비밀사무소 #221비밀수사대

표 소장의 실종

표 소장이 실종되었다.
221 비밀 수사 대원들과 약속이 있던 날, 집을 나와
감쪽같이 사라진 것이다. 도대체 표 소장은 지금 어디에 있는 걸까?

#실종 #표소장 #밝혀진정체 #마지막대결 #블랙의계략

이웃집 프로파일러
하이디의 사건파일
9 흑과 백의 격돌

기획 표창원 **글** 선자은 **그림** 이태영
1판 1쇄 인쇄 2024년 11월 25일
1판 1쇄 발행 2024년 12월 4일

펴낸이 김영곤
프로젝트1팀장 이명선
기획개발 강혜인 김현정 최지현 조영진 채현지 이하린
아동마케팅팀 장철용 양슬기 명인수 손용우 최윤아 송혜수 이주은
영업팀 변유경 김영남 강경남 황성진 김도연 권채영 전연우 최유성
제작팀 이영민 권경민
디자인 박지영 **교정교열** 이여주

펴낸곳 (주)북이십일 아울북 **등록번호** 제406–2003–061호 **등록일자** 2000년 5월 6일
주소 경기도 파주시 회동길 201(문발동) (우 10881)
전화 031–955–2413(기획개발), 031–955–2100(마케팅·영업·독자문의)
브랜드 사업 문의 license21@book21.co.kr
팩시밀리 031–955–2177 **홈페이지** www.book21.com

ISBN 978–89–509–9110–4
ISBN 978–89–509–9085–5(세트)

⚠ 1. 책 모서리가 날카로워 다칠 수 있으니 사람을 향해 던지거나 떨어뜨리지 마십시오.
2. 보관 시 직사광선이나 습기 찬 곳을 피해 주십시오.

 • 제조자명 : (주)북이십일 ・ 제조연월 : 2024년 12월 4일
• 주소 및 전화번호 : 경기도 파주시 회동길 201(문발동) • 제조국명 : 대한민국
031–955–2100 • 사용연령 : 3세 이상 어린이 제품